이토록 아이들이 반짝이는 순간

어른들은 모르는 알콩달콩 교실 속 이야기

이토록 아이들이 반짝이는 순간
어른들은 모르는 알콩달콩 교실 속 이야기

초 판 1쇄 2024년 03월 19일

지은이 안나진
펴낸이 류종렬

펴낸곳 미다스북스
본부장 임종익
편집장 이다경
책임진행 김가영, 윤가희, 이예나, 안채원, 김요섭, 임인영, 권유정

등록 2001년 3월 21일 제2001-000040호
주소 서울시 마포구 양화로 133 서교타워 711호
전화 02) 322-7802~3
팩스 02) 6007-1845
블로그 http://blog.naver.com/midasbooks
전자주소 midasbooks@hanmail.net
페이스북 https://www.facebook.com/midasbooks425
인스타그램 https://www.instagram/midasbooks

© 안나진, 미다스북스 2024, *Printed in Korea.*

ISBN 979-11-6910-557-6 03810

값 18,000원

미다스북스는 다음세대에게 필요한 지혜와 교양을 생각합니다.

이토록 아이들이 반짝이는 순간

어른들은 모르는 알콩달콩 교실 속 이야기

안나진 지음

미다스북스

2장 와글와글, 행복한 교실

3장 무럭무럭, 성장의 교실

4장 토닥토닥, 모두의 교실

에필로그

부록

일러두기

- 본문에 등장하는 아이들의 이름은 모두 가명을 사용했습니다.

- 나이에 대한 표기는 바뀐 법에 따르지 않고 통상적인 나이(1학년은

    여덟 살, 2학년은 아홉 살 등)로 표기했습니다.

(학교 종소리) 눈이 알사탕만큼 커다래진 도희가 놀라며 물었습니다.

"선생님, 이거 무슨 소리예요?"

입학식 다음 날, 1교시 수업 시작을 알리는 종소리를 처음 들은 1학년의 질문입니다.

예서가 쉬는 시간 제게 쪽지를 줍니다.

"선생님, 파리가 와도 해맑으신데 해맑은 비법 좀 알려주세요."

보통 해맑다는 제가 아이들에게 자주 쓰는 형용사인데, 마흔한 살에 2학년 아홉 살에게 해맑다는 표현을 듣습니다.

"선생님도 자녀 있으시죠? 아이들의 마음을 몰라서 궁금할 때는 저희한테 물어보세요!"

매주 수요일 방과 후, 자발적으로 남은 아이들과 진행한 '우리끼리 속닥속닥 북클럽'의 5학년 다영이가 베푸는 친절입니다.

제가 깨어있는 시간의 절반을 보내는 가로 8.4m, 세로 8.1m, 면적 68.04㎡의 직사각형 공간에서 펼쳐지는 일들입니다.

교실이라는 공간은 작아 보이지만, 아이들에게는 하나의 국가이기도, 우주이기도, 세상 전부가 되기도 하는 곳입니다. 이곳에서 아이들이 보여주는 풍경은 매일매일 새롭기 그지없습니다.

『이토록 아이들이 반짝이는 순간』에는 스물여덟 개의 빛나는 아이들의 세상이 담겨 있습니다. 올해로 교사가 된 지 스무 해가 넘었습니다. 교실 일기를 기록한 지도 스무 해가 넘었습니다. 시작은 나를 위한 기록이었습니다. 매년 소진되기만 하는 시간을 붙잡고 싶어 시작한 기록이었습니다. 좋아하는 김신지 작가님 말처럼 "평범한 일상이 평범하게 유지되기까지 내가 어떻게 애쓰고 있는지, 그런 나 자신이 얼마나 대견한지" 스스로를 다독여주고 싶은 마음이었습니다.

그렇게 지난 스무 해를 되돌아보니 교실 속 다채로운 풍경이 제 눈앞에 선물처럼 겹겹이 쌓여있습니다. 혼자서만 바라보기엔 아깝고 벅찬 아름다운 장면들이 가득합니다.

하지만 뉴스 및 인터넷에서 접하는 학교 안 이야기는 갈수록 무시무시해지고 있습니다. 드라마나 영화에서도 살벌한 캐릭터들이 학교 안에 등장해 많은 사람을 경악시키고 있습니다. 미취학 자녀를 둔 부모의 눈앞을 캄캄하게 만드는 이야기투성이 세상.

그래서 용기를 냈습니다.

"나를 위한 기록이, 누군가를 위한 기록이 될 수도 있겠구나."

세간에서 접하는 부정적이고 자극적이기만 한 이야기가 학교의 전부가 아니라는 것. 실제 학교 안의 모습은 이렇게 따뜻하고 발랄하니 학교를 좀 더 믿고 아이를 맡겨도 된다고 알려드리고 싶었습니다. 학교와 관계 맺음의 시작이 걱정 ·

불안이 아닌 '신뢰'였으면 좋겠습니다. 이 책 속 교실 이야기들이 그런 믿음의 한 부분을 차지하기를 희망하며 이 글을 썼습니다.

우리는 누구나 초등학생 시절을 거쳐 지금의 어른이 되었습니다. 여러분들이 이 책의 마지막 장을 덮을 즈음엔, 자신의 어린 시절을 마주하며 한 번 미소 지을 수 있으면 좋겠습니다. 더불어 '요즘 학교 다니는 아이들은 너무 좋겠다. 나도 다시 초등학생으로 돌아가고 싶다.'라는 생각이 들었으면 좋겠다는 욕심도 내봅니다. 그렇게 많은 분이 요즘 학교, 요즘 어린이의 세상에 한 발 더 가까워지기를 바랍니다.

2024년 오늘도 재잘거리는 아이들과 알콩달콩한 하루를 보내며,
안나진

1장

초롱초롱, 배움의 교실

1. 오늘부터 1일 따빛샘의 약속

서울대 심리학과 최인철 교수님은 "행복이란 현재에 존재하는 즐거움을 '발견'하고, 과거에 존재했던 고마움을 '기억'하고, 미래에 다가올 기쁨을 '기대'하는 마음 상태."라고 말씀하셨다.

학창 시절, 선생님들과 맺었던 아름다운 '기억'을 가득 품은 채 교사가 되었다. 지난 이십여 년간 나의 직장생활이 일반인들 대비 지나치게 행복했던 이유는 운 좋게도 개인적인 성향과 적성, 흥미가 교사라는 직업과 아주 잘 맞아떨어졌기 때문이다. 그래서 학교 현장에서 존재하는 즐거움을 잘 '발견'할 수밖에 없는 나였다. 아이들에게 푹 빠진 채로 하루하루를 '기대'하며 보낸 특이하게 행복한 직장인이었다.

개인적인 삶과 학교에서의 일상을 딱히 분리하지 않았다. 학교라는 직장에서 행복하면 나의 삶도 행복했고, 일상의 행복이 학교에서도 이어졌다. 흔히 학교에서는 학기 초에 교사가 아이들과의 기 싸움에서 지면 1년은 다 끝이라는 얘기가 많다. 하지만 아이들을 후려잡는(?) 엄격한 스타일의 교육방식은 나와 맞지 않는다. 아이들에게 늘 무서운 얼굴을 하다가 갑자기 나의 일상에서 하하 호호는 음… 생각만 해도 어색하다.

오늘도 책을 읽다 건설적인 직업병이 발동했다.

고등학교 교사 안준철 님께서 쓰신 『넌 아름다워, 누가 뭐라 말하든』을 보니 선생님께서는 매해 첫 수업 시간에 아이들 앞에서 친절 서약을 하신다고 했다. 교사가 약속을 어길 시에는 언제든지 지적하여 그 약속을 상기시켜 달라고 학생들에게 부탁도 하신댔다.

보통 학기 초 많은 규칙과 약속들은 아이들에게 적용되는 것이지 교사에게 적용되는 경우는 잘 없다. 아니 아예 없었다, 적어도 내 경우에는.

그래서 이제까지 학급경영을 꽤 잘해 왔다고 자부했던 시간이 뜨끔했고, 신선한 충격을 안은 채 독서 노트를 펼쳐 메모를 시작했다. 초등 담임 교사로서 내가 할 수 있는 친절 서약은 무엇이 있을까?

1. 매일 웃으며 인사하기
2. 하루 한 번 이상 아이들 웃겨주기(=웃기는 교사 되기)
3. 매주 새로운 노래 함께 부르기(세 번째 약속은 아이들 의견을 수렴해서 월마다 바꿔봐도 좋겠다.)

이렇게 교사도 한 해 규칙을 세우고 그것을 지켜나가는 모습을 보여주는 것. 아이들이 학교 및 학급 규칙을 준수하는 데 최고의 동기부여가 아닐까?

안준철 선생님은 시인이기도 하시다. 그래서 아이들 생일에 시를 지어 선물해 주신다고 했다. 한 명 한 명 맞춤으로 사랑을 듬뿍 담아 아이들의 마음을 달래주는 생일 시라니. 세상에는 왜 이렇게 훌륭한 교사가 많은 것인가.

그러고 보니 그 언젠가 삼행시가 유행하던 해, 아이들과의 첫 만남에서 책상 위 화병에 안개꽃을 소담히 꽂아두고 내

소개를 삼행시로 했던 기억이 난다.

안, 개꽃처럼 포근한 마음을 가진 선생님이랍니다.

나, 비처럼 아름답고 자유로운 ○학년 ○반 친구들을 만나

진, 심으로 행복한 오늘입니다.

그리고 보니 연과 행이 구분된 멋들어진 생일 시까지는 아니어도 나도 아이들 이름으로 삼행시 정도는 지어서 선물해 줄 수 있겠다. 너무 훌륭한 재능 보유자 겸 재능 나눔 교사의 책을 읽으며 조금 쭈그러졌던 마음이 다시 활짝 펴진다.

자, 김○○부터 생각해 볼까? 김으로 시작하는 예쁜 낱말부터 사전에서 찾아봐야겠는걸. 음, 김밥! 김밥 괜찮네. 김밥 속 재료처럼 다양한 매력을 가진 김○○.

이렇게 내가 신나서 하는 일이 아이들도 행복하게 만드는 일이라니! 또 한 번 나는 이 업이 참 잘 맞는구나, 하며 미소 짓는 하루다.

3월보다 분주한 2월?

교사들의 1년 운명은 3월이 아니라 2월에 결정된다. 초등 교원 임용 발령 및 교원들의 학교 간 인사이동이 확정된 후, 교감 선생님 휘하 교내 인사 자문위원회를 통해 전체 교사의 담당 학년 및 업무가 결정된다. 교사들도 2월 중순쯤 전 교직원 회의를 통해서야 그 결과를 알 수 있다. 1년을 좌우할 자신의 운명을.

모든 교사가 자신의 희망대로 학년 및 업무를 배정받지는 못한다. 학교와 교사의 여러 가지 사정을 고려하여 결정된 학년과 업무가 발표되면 결과가 마음에 들지 않더라도 빨리 받아들이는 편이다. 새롭게 배정된 나의 교실로 막대한 짐 나르기부터, 교실 청소, 앞뒤 게시판 환경 구성, 학습 준비물 신청, 사물함 및 신발장에는 아이들 이름 또는 번호를 출력해서 코팅한 후 오려 붙여놓기까지 많은 일을 시작해야 하기 때문이다. 하지만 지나치게 불합리한 결정에 대해서는 용기 내어 자신의 의견을 표명해 봐야 한다고 생각한다. '교사'가 행복해야 '아이들'도 행복할 수 있음은 불변의 진리이다.

자신의 운명을 받아들이기로 마음먹었다면 이제 개학 첫

날 필요한 자료부터 꼼꼼히 준비를 시작해야 한다. 아이들과 보낼 첫날 일정에 대해서도 빈틈없이 계획해 둔다.

1. 학생용 자기소개 활동지
2. 책상에 올려둘 삼각 이름표
3. 가정 배부용 환경조사서, 학급 커뮤니티 안내장, 우리 반 한해살이 안내장
4. 교사 및 학생의 자기소개용 PPT
5. 첫날 읽어줄 그림책 1권

칠판 한쪽에도 친절히 안내 사항을 적어둔다.
1. 방황하지 말고 마음에 드는 자리에 앉기
2. 가방 정리 후 조용히 친구들과 선생님 기다리기
3. 학급문고의 책 꺼내 읽는 것 가능

고학년(5~6학년)의 경우는 서먹한 분위기 속에서 서로의 눈치를 봐가며 칠판의 안내에 잘 따르는 편이다. 저학년(1~2학년)일 경우, 칠판에 쓰인 글씨 따위에 관심을 두는 아이가 많이 없을 수도 있다. 당황하지 않는다. 저학년은 교사의 웬만한 기대를 다 비껴갈 수 있는 영혼인 것을 아는 경력이 되

었다. 대신 아이들이 들어올 때마다 일일이 안내해 주는 목청을 장착해야 한다.

"어느 곳이든 원하는 자리에 앉아요. 친구들이 다 오기를 잠깐 기다립시다."

아이들이 모두 착석하면 출석 번호를 알려주고 키 번호도 함께 정한다.

키 번호의 경우 남녀가 짝을 이루어 "○.○.○.○.초.등.학.교.○.학.년.○.반.화이팅!"으로 정해주면 출석 번호와 헷갈리지 않고 즐겁게 줄 서기를 할 수 있다.

이어서 교사 소개를 시작한다.

교실 내 TV 모니터에 파워포인트 자료를 띄우고 내 이름을 말했더니,

"선생님 이름은 제일 끝에 한 글자만 빼면 겨울왕국에 나오는 안나랑 똑같네요?"

희민이의 반응이다.

오! 앞으로 내 이름 소개에는 겨울왕국 안나를 써먹어야겠구나.(학생이 던지는 아이디어도 착착 잘 줍는 교사다.)

선생님이 좋아하는 것 중 '노래 들으며 커피 마시기'가 나오자 몇몇이 키득거린다.

"어? 우리 엄마랑 똑같다."

첫날의 웃음은 중요하다. 이제 슬슬 아이들의 굳은 표정이 풀리기 시작한다.

이제 아이들 소개 차례다. 'Pass the ball'이란 영어 게임 방법을 사용한다. 신나는 음악이 재생되는 PPT와 공 하나만 준비되면 가능한 놀이다. 순서대로 친구들에게 공을 넘기다가 음악이 멈추었을 때 공을 가진 사람이 "제 이름은 ○○○입니다. 저는 ○○○을 좋아합니다."라고 자신을 소개하면 된다.

"제 이름은 유선우입니다. 저는 떡볶이를 좋아합니다."

이런 식으로 대개 음식 취향을 밝히는 경우가 많고,

"제 이름은 김지윤입니다. 저는 저를 좋아합니다."라는 인상적인 소개도 있고,

"제 이름은 정예빈입니다. 저는 지훈이를 좋아합니다." 이틈을 타 고백을 하는 아이도 있다.

"제 이름은 최한결입니다. 저는 선생님을 좋아합니다." 어

머, 나를 언제 봤다고? 우리 담임선생님이라는 이유만으로 처음 보는 40대 선생님에게 맹목적인 사랑을 표현하는 놀라운 아이도 있다.

교사는 한 명도 빠짐없이 모든 아이가 자기 순서를 가질 수 있도록 신경 써 주면 된다. 모든 순서가 끝나자 아이들의 표정이 완벽히 풀린다. 역시, 아이들에겐 게임이 최고다.

트렌드 따라잡기

안 하던 인스타그램을 시작했다. 알록달록한 카메라 모양의 앱 이미지는 익숙하나, 피드는 뭐고 릴스는 무엇인지 잘 이해되지 않아 옆 반 2년 차 후배님 교실 문을 똑똑 두드렸다. 이럴 때 도움받으라고 학교 구성원의 연령대가 다양한 거 아닌가? 나름 20여 년간 꾸려온 나만의 탄탄한 학급경영이 있지만 요즘 트렌드도 궁금했다. 그리고 탄탄하다고 생각했던 학급경영이 나만의 착각이라면? 늘 어린 영혼들을 만나는 학교 현장에서, 교사인 나는 자꾸만 나이를 먹어가니 몇만 명의 팔로워를 거느린 인기쟁이 선생님들의 비결도 좀 알아봐야겠다는 생각이 들었다.

후배님의 도움으로 여기저기 기웃거려 보았다. 아, 일단 예쁘시구나. 되게 되게 예쁘시구나. 하하. 하지만 설마 이유가 이것만은 아니겠지. 피드를 하나씩 살펴보니 '이분은 학급경영에 이런 반짝이는 중심이 있구나, 이분은 그림책에 진심이구나, 이분은 저학년에 특화되어 있네.' 등등이 파악됐다. 아이들에 대한 애정은 나도 이 못지않은데, 잘나가는 몇몇 교사들만 세상의 인정을 받는 것 같은 마음에 괜스레 샘이 났다. 아, 이것이 바로 그 무섭다는 SNS의 폐해인가. 여기에 굴복할 수 없지. 나의 원래 목적인 새로운 아이디어를 얻는 데 집중하자. 후~ 마음을 다잡고 다시 찬찬히 둘러보며 나의 학급에 적용할 만한 것들을 찾아보았다.

그중 야심 차게 따라 한 첫 번째는, 3월 개학 전 교실 뒷면에 아이들에게 보내는 환영 메시지를 부착하는 것이다. 향후 학생들의 작품이 걸릴 30여 개의 작품 게시판에 A4용지에 크게 한 글자씩 출력한 종이를 미리 꽂아두는 방법이다.

"어.서.와!.오.늘.을.기.다.렸.어.우.리.함.께.만.들.어.갈.빛.나.는.한.해.반.가.워.ㅇ.반"

두 번째는, 개학 첫날 칠판의 포토존이다. 칠판에 아이가 설 자리를 예상하고 양쪽으로 큰 날개를 그려두는 선생님도 계셨고, 액자 느낌으로 칠판 중앙을 화려하게 꾸며두는 선생님도 계셨다. '어서 와! ○학년 ○반은 처음이지?'라는 문구를 첨가하기도 했고, '우리 오늘부터 1일'이라는 매력적인 표현도 보였다.

함께 인스타그램의 칠판 포토존을 검색하다 옆 반 후배님이 미술 금손이라는 사실을 알게 되었다. 저작권이 예민한 요즘, 쓱쓱 직접 그린 캐릭터로 수업 자료를 만드는 능력자였다. 그래서 후배님이 먼저 칠판 포토존을 완성하는 걸 기다렸다가 이를 예시 작품으로 하여 우리 반 칠판 중앙에 정성스럽게 포토존을 그려두고 새 학기를 맞았다.

이제 첫날 기념사진을 남겨볼까.

교사가 든 카메라 앞에 선 아이들은 마스크로 얼굴의 반이 가려져 있음에도 불구하고 대부분 긴장한 표정이 역력했다. 아직은 나와 어색하니 당연한 반응이다. 경력이 짧았던 20대에는 이런 것도 섭섭했다. 내가 이렇게, 친절하고, 상냥하게,

대하는데 너희들이 이렇게 나온다고? 뭐 이런 식의 유치하고 옹졸한 담임이었다. 이제는 안다. 5월 어린이날 기념사진을 찍을 즈음, 우리 반 아이들이 내 앞에서 얼마나 깨발랄한 모습으로 변하며 각양각색의 포즈를 취하는지를. 우리가 앞으로 얼마나 친해질지 한껏 기대하며 아이들의 첫날 모습을 카메라에 남긴다.

수업 종료 후, 옆 반 후배님의 손을 빌려 나도 아이들처럼 칠판 포토존 앞에서 오늘을 사진으로 기록해 둔다. 1년 후 엄청나게 자라 있을 아이들의 모습을 생각하니 나는 얼마나 늙어있을까 살짝 걱정도 된다. 에너지 넘치는 아이들과 함께 지내야 하는 직업군이니 최대한 천천히 조금씩만 늙기를 소망하며 한 해를 시작한다.

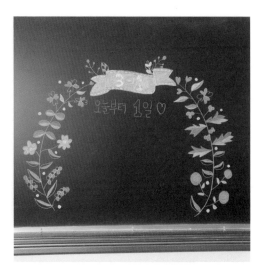

블랙보드냐 화이트보드냐에 따라 느낌이 달라진다.
선명한 색감은 블랙보드에서 더 빛을 발하나 물 자국 때문에
중간 수정이 불편한 단점도 있다.

+

2. 로또보다 그림책

2019년 아이스크림 원격교육연수원에서 이현아 선생님의 그림책 활용 연수를 들은 후, 좀 더 체계적으로 수업에 그림 책을 활용하게 되었다. 그림책은 아이들의 내면의 목소리를 들을 수 있게 해주는 좋은 매개체라고, 특히 자신이 민감하게 반응하는 그림책에는 그 안에 내 이야기가 담겨 있는 것이니 찬찬히 들여다보라고 말씀하셨다. 연수 중 선생님께서 어린이는 '쏟아내는 존재'라고 했던 말이 인상적이었다. 자기 안의 이야기를 토해내기 좋아하는 아이들에게 우리 교사들은 자꾸 무언가를 집어넣으려고만 노력한다는 얘기에 '앗, 내 얘기인가?'하며 도둑이 제 발 저리듯 얼굴이 붉어졌다. 그렇게 랜선으로 야단맞는 기분이 들었다가 "그림책을 잘 활용하면 어린이 안에 있는 것을 꺼내고 내뱉게 해주는 교사가 될 수 있다."라고 다독여주셔서 다시 마음이 풀렸다. 어린이들이 남긴 흔적을 따라가다 보면 아이들 한명 한명의 깊은 마음까지 만나는 교사가 될 수 있다고, 우리 그런 교사가 되자는 선생님의 말씀이 내 마음 깊은 곳을 울렸다.

연수를 통해 '通 그림책 감상법'이라는 것도 배웠다.

"그림책을 보다가 왠지 나와 마음이 통하는 장면이 나오면 포스트잇을 붙여요. 그리고 친구들하고 나누고 싶은 이야기를 써요. 이 장면이 왜 마음에 들었는지 이유를 써도 되고, 여기서 나랑 비슷한 인물이 누군지 써도 돼요. 이 장면에 나오는 인물과 나의 차이점을 써도 좋아요."

저학년 아이들과 생활할 때는 通 그림책이란 말을 잘 이해하지 못할 것 같아서 '마음이 머무는 페이지'라고 이름 붙이고 아침 활동으로 활용했다. 9시 정규수업 시작 전, 20분 동안의 아침 활동 시간에 각자 책을 읽다가 마음에 와닿는 한 페이지가 있으면 포스트잇을 붙이고 감상을 쓰는 방법이다.

이 방법의 장점은

1. 노트에 쓰는 것보다 포스트잇이란 도구로 일단 아이들의 흥미를 끌 수 있다.

2. 정해진 기간에는 포스트잇을 그대로 붙여놓기 때문에, 그다음에 같은 책을 읽는 친구는 자연스럽게 다른 친구의 감상을 공유하게 된다.

3. 그러다 보면 수많은 그림책 중 우리 반 아이들 취향에 맞는 책을 찾을 수도 있게 된다. 다량의 학급 도서 중 포스트잇이 압도적으로 많이 붙어 있는 책이 나오기 때문이다. 교사는 그런 그림책을 골라 수업에 활용하여 아이들의 학습 동기를 효과적으로 유발할 수도 있다.

학기 초 서로가 처음이라 낯설고 서먹한 아이들, 그 사이에서 재미있는 그림책 한 권은 자신의 이야기를 풀어내기 좋은 촉진제가 되어 준다. 매해 재미있는 그림책들이 쏟아져 나오기에 그때그때 달라지지만, 올해 고른 첫 그림책은 박보람의 『학교 가기 싫은 선생님』이다. 학교 가기 싫은 학생이 아니라 선생님이라니? 교사들의 마음마저 읽어준 파격적인 제목의 책이다.

학교 가기 싫은 선생님

'오늘 아침 아이들은 어떤 마음으로 등교했을까?' 궁금하지만 아직은 어색한 우리 사이에 "오늘 아침 기분이 어때요? 즐거운 마음으로 등교했나요?"라고 대놓고 물어보면 마음 편히 대답할 친구들이 많이 없으리란 걸 알기에 그림책 한 권을 들이밀어 본다. 책 표지의 제목 중 '선생님' 부분은 미리 포스트잇으로 가려둔다. 표지만 보고도 아이들의 반응은 뜨겁다.

선생님도 가끔, 진심으로 학교 가기 싫을 때가 있다.

"어~? 학교 가기가 싫다고?"

입가가 씰룩씰룩, 장난스럽게 바뀐 눈빛으로 서로를 쳐다본다.

시작부터 반은 성공한 기분.

"오늘 여러분과 함께 읽을 그림책이에요. 제목이 학교 가기 싫은… 뭘까요?" 물었더니,

"학교 가기 싫은 아이들? 학생들?"
"학교 가기 싫은 사자? 공룡? 뱀? 토끼?"
"학교 가기 싫은 날!"
"학교 가기 싫은데~"

다양한 대답 중 '선생님'이 나왔다.

"맞아요. 이 책 제목은 학교 가기 싫은 선생님이래요. 왜 이 선생님은 학교 가기가 싫었을까요?"

하며 책을 읽어주기 시작한다.

여러분처럼 학생들뿐만 아니라 선생님도 이렇게 학교 오기 전에 떨릴 수가 있다고, 우리 반 친구들이 나에게 친절할

까, 옆 반 선생님이랑은 잘 지낼 수 있을까 걱정도 한다는 이 야기에 아이들의 마음은 활짝 열린다.

책을 다 읽어주자,
"선생님도 진짜 그랬어요?"
라는 질문이 바로 튀어나온다.

"(한껏 슬픈 표정으로)선생님이 딱 이랬어요. 우리 1반 친 구들이 나를 좋아할까? 옆 반 선생님이랑 친해지지 못하면 어떡하지? 걱정돼서 잠이 안 오더라고요. 그런데 오늘 아침 에 선생님께 밝게 인사해 준 여울, 주민이, 시오를 보니 기분 이 마구마구 좋아졌어요.(이런 식으로 은근슬쩍 인사 예절교 육을 한다. 사소하지만 개별적인 칭찬은 늘 효과가 높다.) 혹 시 우리 반 친구들 중에도 학교 오는 게 조금 힘들어지는 날 이면 이 책을 떠올려 봐요. 그럼 용기를 얻을 수 있겠죠?"

방과 후 배움 공책을 검사해 보니 이 책에 대한 한 줄 평으 로 "선생님이 웃기다.", "선생님이 학교 가는 걸 부끄러워하 는 게 긴장되면서도 즐거웠다.", "코끼리 엉덩이가 나와서 빵

터졌다.", "선생님이 지각할까 봐 새벽에 깨는 게 웃기다." 등 재미있다는 의견이 압도적으로 많았다.

성공!

그림책에 관한 의견으로 재미있다 외에 "선생님이 학교 가는 걸 싫어하는 게 이상했다."라는 모범적인 한 줄 평도 있었다. 그리고 "나도 학교 가기 싫다."라는 한 줄 평의 주인공은 내가 앞으로 좀 더 세심히 지켜봐야 할 아이구나 확인한다. 그래도 선생님 눈치 보지 않고 이렇게 자기감정을 솔직하게 표현할 줄 아는 아이니 다행이라는 생각도 든다. 그러고 보니 첫째가 2학년 때 좋아하던 영어책이 생각난다.

아들이 다니던 영어 학원은 매일 원서를 읽고 퀴즈를 푸는 숙제가 있었다. 당시 『My Weird School』 시리즈를 유독 좋아하기에

"훗, 그 시리즈가 왜 좋아?"

이유를 물었더니

"음, 독자를 끌어당기는 뭔가가 있어. 이 시리즈는 다 이걸로 시작해. My name is A.J. and I hate school."

교사인 엄마에게 감히 학교가 싫다, 는 얘기를 할 수 없는 삶을 살고 있던 아홉 살 아들. 그런 아들에게 "I hate school."은 그렇게 매력적인 첫 문장이었나 보다.

짧은 시간을 할애하여 많은 아이와 소통할 수 있게 만들어주는 그림책은 교사에게 정말 든든한 무기이다. 두 번째 책도 꼭 성공할 수 있도록 잘 골라봐야지!

언젠가 "로또보다 힘들다는 책 좋아하는 아이 만들기"라는 제목의 글을 본 적이 있다. 많은 양육자가 독서의 중요성을 알고 그런 육아를 지향하지만 그만큼 달성하기는 어려운 목표라는 취지의 이야기였다. 나와 함께 1년을 보낸 아이들이 책과 친해지길 바란다. 각 가정에 엄청난 로또를 선물한 한 해이기를 꿈꿔본다.

3. 아무튼 우리 반

언어는 의식과 사고를 지배한다. 이런 거창한 전제가 아니
더라도 나는 긍정적인 말이 주는 힘을 누구보다 빨리 깨닫고
실천한 1인이다. 고등학생 시절 어머니께서 베란다에 감을
널어놓으시면 달콤하고 부드러운 곶감이 되라고 감을 향해
가사가 예쁜 노래를 불러주던 사람이었다.

그래서 학기 초 만나는 아이들에게도 제안한다. 학교에서
편의상 분류하여 붙여주는 1반, 2반, 3반이 아닌 우리만의 특
별한 반 이름을 정해 부르자고 의견을 내본다. 작년에 각자
다른 반이었던 아이들이 한데 모여 새로운 반을 시작할 때
우리 반만의 이름은 연대감과 결속력을 심어주는 데 큰 역할
을 한다.

고학년의 경우, 모둠별 공동체 가치 카드(공감, 감사, 협력 등 총 12가지)를 배부하고 그 중 올해 우리 반이 추구하고 싶은 가치를 각자 한두 가지 고른 후 그것을 반영하여 반 이름을 정한다.

도움과 배려라는 공동체 가치가 가장 많이 선택되었던 해, 아이들이 명명한 반 이름은 다음과 같았다.

1. 도배반(도움+배려 반)

2. 배움반(배려+도움 반)

3. 오감자반(오늘도 감사로 자라는 반)

4. 햇반(햇살처럼 밝은 우리 반)

5. 삼각형반(삼삼오오 각각의 형태가 있는 반)

학급 회의 및 다수결 투표로 그해 반 이름은 햇반이 되었다. '음, 햇반이라고? 장난 같은데. 너희들 그냥 제일 웃긴 이름으로 고른 거 아니니?'

고학년 아이들은 금세 탐탁지 않은 표정으로 바뀐 담임의 이런 마음을 읽어내는 재주가 있다. 아이들은 담임에게 부연 설명을 시작했다.

"선생님, 햇살처럼 따뜻하고 햇빛처럼 빛나는 의미의 햇반이에요. 괜찮지 않나요?"

"따뜻하고 빛나는 마음으로 서로 돕고 배려하는 우리 반이 될 수 있을 것 같아요."

그러곤 담임의 눈치를 살피는 귀여운 열두 살.

"그래. 생각해 보니 선생님이 그동안 너무 동화적인 반 이름만 이상적이라고 생각했나 봐. 햇반, 좋다. 우리 올해, 의미도 잡고 재미도 잡아보자."

그렇게 탄생한 반 이름은 등하교 시 단체 학급 인사로 사용된다.

선생님 : 햇살처럼
학생들 : 따뜻하고
선생님 : 햇빛처럼
학생들 : 빛나는
다 같이 : 햇. 반.

저학년의 경우, 더더욱 처절하게 교사의 기대를 저버리는

후보들만 나온다. 예를 들면,

1. 착한 우리 반(음…)
2. 향나무반(어제 배운 학교 교목)
3. 개나리반(어제 배운 학교 교화)
4. 꽃아반(꽃처럼 아름다운 우리 반, 오! 내 의도와 가장 근접한 이름도 나오기는 했다.)

담임은 마음속으로 4번을 바랬으나 아이들의 민주적인 다수결 투표로 인해 3번이 낙찰된 해의 반 이름은 개나리반이었다.

'아, 이를 어쩐다. 너무 유치원 반 이름 같잖아. 유치원을 졸업하고 큰형님이 되어 위풍당당하게 초등학교에 입학했는데, 들어온 지 며칠 만에 다시 유치원생으로 돌아가는 듯한 느낌적인 느낌이라니. 으악, 이제 와 내 마음대로 이름을 바꿀 수도 없고 거참 곤란하군.'

교사 혼자 마음속이 분주해져 동공을 마구 굴리다 아이들에게 질문을 던졌다.

"애들아, 개.나.리.에 무슨 뜻을 담으면 좋을까요? 여러분의 학교생활이 이랬으면 좋겠다, 우리 반이 올해 이렇게 지냈으면 좋겠다는 생각을 담아 봅시다."

"저요! '개'미처럼 서로 돕기."

"선생님, '개'미처럼 열심히 공부하기 어때요?"

"우리는 장난치는 걸 좋아하니깐 '개'구쟁이?"

우와, 별 기대 없이 던진 질문에 예상치 못한 훌륭한 대답들이 쏟아졌다. 역시, 아이들의 창의력과 순수함은 어른의 예상을 늘 기분 좋게 빗나가준다.

"'개(?)'란처럼 동글동글은 어떨까요?"

귀여운 맞춤법 파괴자도 등장했다.

"다 너무 멋진 표현인걸. 그런데 계란의 '계'는 이렇게 쓴단다. 글자가 조금 다르지? 그러면 이제 개나리의 '나'를 생각해 볼까?"

"저요! '나'무처럼 튼튼한은 어떨까요?"

"저는 '나'비처럼 살랑살랑이요."

"음, 저는 '나'라를 사랑하는, 하고 싶어요."

이번에는 깜찍한 애국자 등장.

"어머! '나' 글자에도 이렇게 다양한 뜻을 담을 수 있구나. 우리 반 친구들 아이디어가 너무 좋은걸."

그럼 대망의 마지막 글자.

"선생님, '리' 자는 잘 모르겠어요."

"그러게. '리'로 시작하는 낱말이 뭐가 있을까?"

"저, 리본이요! 리본처럼 예쁜, 어때요?"

"선생님, '리' 자로 시작하는 말에 리듬도 있어요."

"아! 그럼 리듬 타고 둠칫둠칫?"

어깨를 들썩이며 발표하는 서원이의 모습에 다 같이 한바탕 웃음을 터뜨리고 나서 학급 인사가 정해졌다.

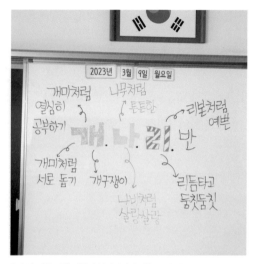

우리 반 이름 탄생 기원의 역사적인 순간은 꼭 사진으로 남겨 둔다.

오늘의 반장 : 개미처럼

학생들과 선생님 : 서로 돕고

오늘의 반장 : 나무처럼

학생들과 선생님 : 튼튼하고

오늘의 반장 : 리본처럼

학생들과 선생님 : 예쁜

다 같이 : 개. 나. 리. 반!

심혜경의 『카페에서 공부하는 할머니』라는 책에서 인간의 목소리가 치료 효과를 낼 수 있다는 이야기를 읽었다.

"인간은 움직이고 있는 몸을 나타내는 동사를 읽거나 단지 활발하게 움직이는 어떤 도구의 이름을 읽는 것만으로도 실제로 그러한 행동을 하거나 달리는 것과 같은 마음 상태가 된다."

매일 하루 두 번! 아침 인사로 하루를 열 때, 수업을 마치고 집으로 돌아갈 때, 이렇게 친구들과 함께 외쳐 보는 학급 인사.

'햇살처럼 따뜻하고 햇빛처럼 빛나'야 하는 사명감의 햇반 학생으로 1년간 단련되면 어디 가서 어두운(?) 짓 하기는 쉽지 않을 것이다. '서로 돕고, 튼튼하고, 예쁜' 어린이임을 1년간 목청껏 공표하며 자라는 개나리반 학생들은 어디에 내어놓아도 매력적인 인기쟁이가 되지 않을까.

나는 햇반의 담임 교사일 때 햇살처럼 '따'뜻하고 햇빛처럼 '빛'나는 학생들을 키우는 선생님이 되자는 의미로 '따빛샘'이라는 애칭을 만들어 지금까지 사용 중이다. 나 역시 따빛샘, 따빛샘하고 다니니 어디 가서 축 늘어져 있기가 웬만해선 어울리지 않아 의도치 않게 반짝이는 삶이 유지되고 있다.

4. 받아쓰기, 미워!

저학년의 숙명, 받아쓰기.

100점 맞았다고 칭찬해 주지 않는다.

50점 맞았다고 혼내지 않는다.

기본적인 맞춤법, 까다로운 낱말들에 대해 집중 학습할 시
간을 가지자는 바람에서 실시하는 받아쓰기 활동인데, 아이
들에게는 시험은 시험인가 보다.

첫 받아쓰기 활동 날, 배움 공책을 보니 받아쓰기 때문에
유독 슬픈 아이들이 많았다.

"오늘은 받아쓰기여서 너무 긴장된다."

"받아쓰기 보는 날이라 슬프다."

"오늘 받아쓰기 때문에 가슴이 터질 것 같다."

"나는 오늘 긴장 벌레다."

아, 너희들을 괴롭히려는 게 아닌데. 왠지 교사라는 권한으로 아이들에게 매주 슬픈 수요일을 선사한 것 같아 죄책감이 든다.

단순하고 수동적인 활동 같지만 받아쓰기는 짧은 시간에 언어기능을 통합적으로 평가하는 방법이다. 음성언어를 정확하게 듣는 능력이 요구되며 문장의 구성요소를 이해하고 낱말들을 받아 적는 활동을 통해 언어의 문법적인 규칙도 자연스럽게 이해하게 된다. 저학년의 경우 미리 받아쓰기 급수판을 주고 보통 주 1회 요일을 정해 받아쓰기 시험을 본다.

저학년 아이들에겐 무조건 먹히는 그림책이다.

우리가 왜 받아쓰기 같은 시험을 보는지에 대해 아이들의 이해를 구하기 좋은 그림책이 있다.

박규빈의 『왜 띄어 써야 돼?』라는 그림책은 "아빠가 방에 들어가신다."라는 문장을 "아빠 가방에 들어가신다."처럼 띄어쓰기로 인해 의미가 달라지는 문장을 소개한다. 주인공 아이가 이처럼 띄어쓰기를 잘못한 채로 문장을 쓰면 아빠가 진짜 가방으로 들어가게 되고 아이는 그 장면을 보고 재미있어 데굴데굴 구르며 좋아한다. 시간이 조금 흐른 뒤, 아빠에게 미안한 마음이 든 아이가 제대로 된 띄어쓰기로 문장을 다시 쓰면 아빠가 가방에서 나와 방으로 들어가는 장면으로 전환된다. "아빠가 죽을 드신다."라는 문장은 "아빠 가죽을 드신다."로 변한 후, 아빠가 각종 가죽 음식을 드시는 장면이 나온다. 가죽 허리띠 스파게티, 가죽 가방 피자, 가죽 구두 주스 등. 그런 아빠를 보며 배를 잡고 깔깔거리는 주인공 아이처럼 우리 반 아이들도 첫 장부터 마지막 장까지 까르르 웃으며 좋아하는 책이다.

"선생님, 다시 읽어주세요~"

아이들에게 읽어 준 그림책 중 앙코르 요청이 들어온 첫

책이 되었다. 그렇게 아이들의 긴장을 풀어주고 본 첫 받아
쓰기 활동. 아이들은 무사히 시험을 치렀다.

첫 받아쓰기에 대한 소감은 예상치 못한 곳에서 또 튀어나
왔다. 다음 날 국어 시간, 나만의 아홉 살 마음 사전 만들기
활동을 하는데 아이들의 다양한 감정의 한복판에 받아쓰기
가 있었다.

- 속상해 → 받아쓰기에서 2개를 틀려서 속상하다.
- 슬퍼 → 받아쓰기에서 100점을 못 맞아서 슬프다.
- 궁금해 → 받아쓰기가 몇 점인지 궁금하다.
- 자랑스러워 → 받아쓰기 100점 맞은 내가 자랑스럽다.
- 두려워 → 받아쓰기 점수가 몇 점일지 두렵다.
- 원망스러워 → 받아쓰기 100점을 못 맞은 나 자신이 원
  망스럽다.

이제 받아쓰기 시험의 두 번째 난관이 남았다. 바로 자녀
의 받아쓰기 점수를 대하는 학부모님들의 반응이다.
알림장에도 구구절절 남겼다. 첫 받아쓰기 시험이라 아이

들도 긴장했을 테니 점수로 아이들을 구박하지 말아 달라고. 시험 점수에 대해서는 교사도 일절 언급하지 않는다고. 학생들이 낱말 및 문장을 어느 정도 이해하고 쓸 수 있는지를 파악하는 용도로 사후 관리만 조금씩 해주면 모두 성장하는 기회가 될 거라고 말씀드렸지만….

벌써 한 집에서 난리가 났다. 우리 반에서 학습 능력이 뛰어난 편인 친구가 70점의 점수를 가지고 집으로 돌아갔기 때문이다. 나 역시 채점하면서도 '어? 창민이가 실수를 좀 했네.'라는 생각을 했다. 며칠 뒤 이루어진 학부모 상담 시간, 창민이 어머님께서는 아이의 첫 받아쓰기 점수에 너무 화가 나서 선생님의 다정하면서도 간곡한 알림장에도 불구하고 아이를 잡았다고(?) 솔직하게 털어놓으셨다.

너무 잘 안다 그 마음. 비슷한 시기, 나 역시 초2 아들의 70점짜리 수학 단원평가 시험지를 들고 부들부들했으니 말이다. 머리와 마음이 따로 노는 이 순간, 그 이름은 '부모'다. 부모라는 이름이 씌워지면 머리로 생각한 대로 마음이 따라주지 않음을 너무 잘 알지만, 학교에서는 교사의 신분으로 내가 해야 하는 말과 할 수 있는 말들을 하고 있다.

15주가 지나 받아쓰기 마지막 급수 시험을 치르는 날에는 우리 반 아이들에게 핫초코 한 잔씩을 태워주며 그간의 노고를 위로해 주어야겠다. 세상살이가 이렇게 녹록지 않음을 너무 일찍 깨닫게 해주어 미안하다는 말도 함께 전하며.

작년 12월, 받아쓰기 급수 시험을 끝낸 기념으로 아이들에게 핫초코를 한 잔씩 대접했다. 자기들끼리 알아서 짠 하며 스스로를 대견해하는 귀여운 모습을 직관할 수 있었다.

5. 라디오에 사연이 당첨됐어요

안녕하세요, 전 올해 발령받은 신규 교사 안나진이라고 합니다. 3학년 담임을 맡았고요. 처음이라 모든 게 다 어설프지만, 아이들을 사랑하는 마음만큼은 누구보다 진심이라 자부하는 1인입니다. 어제는 운동회를 준비하며 5인 1조로 달리기 연습을 했습니다. 50여 명의 아이들 모두 연습을 마친 후, 남자 부반장 영준이가 "선생님은 달리기 잘해요?"라는 질문으로 저를 도발하는 게 아니겠어요? "당연하지." 저도 초등학생 때는 반대표 계주 선수였습니다. 뭐 1번 주자는 아니고 3번 정도? "그럼 시합해요."라는 영준이의 갑작스러운 제안에 홍해가 갈라지듯 남자 대 여자로 편이 나누어졌어요. 남자아이들은 부반장을 응원하고 여자아이들은 저를 응원하기 시작했지요. 당연히 제가 이길 거라고 생각했기에 "선생님이 지면 아이스크림 쏜다."라고 큰소리치고 시합이 시작됐습니다.

와. 이게 뭐라고 간만에 엄청나게 떨렸습니다. 그런데 100m가 원래 이렇게 길었나요? 분명 저는 최선을 다해 체육 시간에 배운 대로 다리를 높이 올리고 팔을 앞뒤로 힘차게 흔들며 있는 힘껏 달렸습니다. 그런데 어느 순간 제 옆을 쌩~ 지나가는 영준이. 여학생들의 응원 목소리는 점점 사그라들더니 뒤늦게 결승선에 도착한 저를 향해 쏟아진 실망 가득한 눈빛들. 아하핫. 이렇게 민망할 데가.

"와아~" 남학생들의 환호성과 함께 달리기 시합은 부반장의 승리로 끝이 났습니다. 냉큼 학교 앞 문방구로 달려가 아이스크림을 쓸어 담아왔습니다. 믿는 도끼에 발등 찍힌 표정의 여자아이들도 달콤한 아이스크림에 사르르 마음을 풀었습니다. 그렇게 아이들과 오늘 하루를 마쳤습니다. 비록 달리기는 졌지만 앞으로 또 어떤 일들이 펼쳐질지 한껏 기대되는 철없는 담임이랍니다. 저희 반 반가인 유리상자의 <아름다운 세상> 신청합니다. 아름우리 천사들, 안나진 선생님이 무지무지 사랑한다고도 꼭 전해주세요.

교대 앞 자취 시절, 혼자라 외로울 때면 라디오를 들었다. 자주 듣다 보니 사연도 종종 보내게 되었고 운 좋게 당첨될 때도 있었다. 주변에 큰 마트가 없던 때라 가까운 슈퍼에 가서 이 근처에 쌀 파는 데가 어디 있냐고 물었더니 슈퍼 사장님께서 자기네 쌀을 한 바가지 퍼다 나눠주신 일, 집 가까이 작은 대중목욕탕에서 세신사분이 늘 혼자 오는 나를 알아보시고는 무료로 등을 밀어주신 일, 친언니가 근무하던 고등학교 체육 대회 날 운동장에서 형부에게 프러포즈 받은 일 등등의 사연이 방송을 탔다.

첫 발령난 학교 앞으로 자취방을 옮기고도 혼자임은 여전했으니, 라디오는 늘 좋은 친구였다. 열정은 넘치나 좌충우돌 실수도 잦던 신규 교사 시절, 그 해는 아이들과 있었던 일을 자주 라디오에 보냈다.

출근 후 아침 활동 중, 시간도 정확하게 기억난다. 오전 8시 48분 핸드폰에 문자가 하나 떴다. SBS 방송사였다. 아이들과 함께 노래를 들으라며 사연 당첨 안내를 해 주셨다. 뭐 이런 친절한 경우가.

이제껏 라디오에 사연이 나오더라도 이렇게 먼저 공지해

주는 경우는 단 한 번도 없었다. 그래서 정작 나는 듣지 못한 채 다른 사람을 통해 사연이 당첨된 사실을 알게 되기도 했고, 라디오에서 선물이 날라와 뒤늦게 내 사연이 소개됐구나, 눈치채기도 했다. 라디오 작가님인지 PD님인지 누군가의 사소한 배려로 그렇게 교직 경력에서 잊지 못할 순간을 경험하게 됐다.

두근거리는 마음으로 체육 시간에 아이들과 율동할 때 사용하던 큰 카세트를 꺼냈다. 아침 활동을 하다 어리둥절해진 아이들이 나를 쳐다봤다. '지지직~' 주파수 맞추는 소리가 들리다 라디오에서 누군가 우리 반에서 일어난 이야기를 들려주었다. 이어 선생님의 사랑을 전하며 반가가 흘러나왔다.

"문득 외롭다 느낄 때 하늘을 봐요. 같은 태양 아래 있어요. 우리 하나예요."로 시작해서 "작은 가슴 가슴마다 고운 사랑 모아 우리 함께 만들어가요. 아름다운 세상."으로 끝나는 우리 반가.

아무것도 모르던 첫해였지만 내가 만나는 아이들과 함께

꿈꾸는 세상이 이랬으면 좋겠다고 생각했다. 혼자가 아니라 여럿이 생활하는 학교니깐 아이들이 함께하는 아름다움을 알아갔으면 했다. 그해 우리 반의 또 다른 이름은 '아름우리 반'이었다. 아이들에게 '겉과 속이 모두 아름다운 우리가 되자'라는 급훈을 제안했고, 그것은 줄여 이렇게 부르기로 했다. 그리고 유리상자의 〈아름다운 세상〉을 반가로 정하고 틈날 때마다 함께 불렀다.

반 이름을 명명하고 나면 아이들이 먼저 여기저기에 반 이름을 갖다 붙여 쓴다. 생일파티를 할 때나 학급 회의를 할 때도 자연스럽게 '아름우리 생일파티, 아름우리 학급 회의'라고 이름 붙이는 모습을 보게 되었다. 100% 반 이름의 영향력이라고 할 수는 없지만 다른 반에 비해 친구들 간 사소한 다툼 및 갈등이 적은 이유에 우리 반만의 이름이 한몫했다고 믿는다.

천방지축 신규 교사 시절부터 어느 정도 베테랑 수준에 오른 지금까지 우리만의 반 이름과 함께 해 온 노래 한 곡이 있다는 것도 뭔가 모르게 든든한 뒷배가 된다. 노래는 그때 그 시절로 사람을 순식간에 데려가 주는 힘이 있다. 어른이 되어 우연히 반가를 다시 만날 때 순수했던 그 시절의 추억이 소환

되는 기쁨을 선사한 선생님의 빅픽쳐를 알아주길 바란다.

우리 반 라디오

멋모르던 시절에는 모두에게 전시되는 스티커 판으로 학급 보상 제도를 운영했다. 최상위 몇 명을 제외한 대다수 아이에게 패배감을 줄 수도 있는 바람직하지 않은 방법이었다. 그렇다고 외적 동기부여, 물질적 보상에 대해 무조건 부정적인 견해는 아니다.

결혼 전, 퇴근 후 종로의 한 텝스 학원에 다닌 적이 있다. 120명에 가까운 수강생이 듣던 인기 있는 강좌였는데 매주 테스트 결과에 따라 강사님께서 동그란 메달 모양의 스타벅스 초콜릿을 주셨다. 20대의 나부터 30대건, 40대건 나이를 떠나 많은 성인 학생들이 그 초콜릿 하나에 큰 의미를 부여하고 다들 받고 싶어 하던 기억이 있다. 하물며 내가 학교에서 만나는 아이들은 여덟 살에서, 많아야 고작 열세 살이다.

자신의 행동을 눈으로 확인할 필요가 있고 자신이 행한 올바른 행동이 모이면 긍정적인 결과를 가져온다는 것을 알려주기 위해 학급 내 간단한 보상 제도를 시행하고 있다. 매일 사용하는 배움 공책에 별 또는 하트로 정해진 항목을 표시하는 방법이다.

올해는 숙제, 발표, 질서, 급식, 교우관계 이렇게 다섯 가지를 체크하기로 했다. 매주 또는 매달 별(하트)의 개수를 정산하고 일정 개수를 넘겼을 경우 다음의 혜택 중 한 가지를 고르기로 했다.

급식우선권, 짝꿍 선택권, 핫초코 쿠폰, 우리 반 라디오 쿠폰.

2월 말, 새 학기를 준비하다 친구의 인스타그램에서 '우리 반 라디오'라는 귀여운 점착 메모지를 발견하고 설레는 마음으로 잔뜩 사 둔 후 야심 차게 쿠폰으로 제공한 올해이다. 아이들이 자유롭게 신청곡과 사연을 쓰고 칠판 한쪽에 붙여두면 적당한 시간에 내가 유튜브를 통해 노래를 찾아 틀어주는 방식이다.

1교시 도윤이의 생일을 맞아 생일 축하 편지를 쓰는 시간, 편지를 쓰다 말고 혜주가 요청했다.

"선생님, 저기 칠판에 붙어 있는 신청곡 틀어주세요."

색칠하기 또는 만들기 등 차분히 활동하는 시간에 BGM이
깔리는 것이 습관이 됐나 보다. 우리 반만의 문화, 아이들과
나 사이의 기분 좋은 끈끈함이 느껴진다.

칠판에 붙여진 지오의 신청곡을 보니 곡명이 〈가을 아침〉
이다. 동요인가? 하며 찾아보니 나오지 않는다.

"지오야, 이거 동요야?" 물었더니, "아이유 노랜데."라는
대답.

어머, 미안하다. 선생님이 센스가 부족했네.

아이들 덕분에 나의 최신곡 리스트가 업데이트되기도 한다.

〈다섯 글자 예쁜 말〉처럼 늘 동요밖에 모르는 순수영혼 예
담이, 나훈아의 〈사내〉, 영탁의 〈찐이야〉를 비롯해 각종 트

로트를 신청하는 성후, 〈Baddie〉 같은 댄스곡을 신청해놓고 몸으로 격하게 반응하는 지아, 내겐 완전히 생경한 일본 애니메이션 주제곡들만 신청하는 준수, 엄마가 좋아하는 곡이라는 신청 사연과 함께 이승철 및 내가 알만한 노래들을 신청해주는 (고마운) 서윤이.

우리 반 라디오 쿠폰을 몇 개월 시행해 보면 아이들의 노래 취향뿐만 아니라 아이들 각자가 좋아하는 분야도 파악할 수 있게 되고 가정에서의 모습도 조금 엿볼 수 있다. 교사가 일부러 시간을 따로내어 애쓰지 않아도 저절로 알게 해준다는 점에서 아주 기특한 점착 메모지다. 이제 마냥 젊지만은 않은 교사로서 어린아이들의 일상에 쉽게 한발 다가갈 수 있게 만들어주는 학급경영 효도템이다.

오늘도 처음 듣는 신기한 노래들을 접하며 다소 어리둥절해 있는 내게, 쉬는 시간 가빈이가 와서 말한다.
"선생님, 전 애들 신청곡 다 처음 들어봐요."
와, 나랑 비슷한 아홉 살도 있구나. 뭔가 위로가 된다.
오늘도 이렇게 26명의 어린이와 가까워지는 중이다.

✦

6. 선생님도 삐진다

"띠랑~(문자 알림 소리) ○○○안내장, 이거 뭔가요?"

크게 중요하지 않은 일로 밤 9시, 10시가 넘은 시각에도 문
자와 전화를 하는 보호자가 있다. 인사도 생략, 본인 소개도
생략한 채 밑도 끝도 없이 자기 할 말만 툭.

분명 학기 초, 긴급하지 않은 일에 대해 서로 연락 가능한
시간대를 안내했건만…. 누가 시키지 않아도 알아서 아이들
에게 열과 성의를 다하고 있는 나에게 왜 이러는 거냐고! 속
좁은 나는 이런 일이 쌓이면 조금씩 삐뚤어진다. 정성스러운
학급경영에서 손을 놓고 싶어진다.

서로를 배려하지 않는 일들이 쌓여 잔뜩 엉킨 마음이 된
목요일, 우리 반 아이들에게 지나치게 사무적으로 대했다.

재미있는 수업 자료를 찾아 추가 투입하거나 기타를 꺼내 노래를 하는 등의 정성을 '일부러' 마음먹고 들이지 않았다. 교과서를 보며 수업을 했고 급식을 먹은 뒤 하교 지도를 했다.

텅 빈 교실에 남아 물걸레로 바닥을 청소하다 우연히 벽에 걸린 거울을 보게 되었다. 초점 없는 눈동자에 입꼬리가 처진 무표정의 내가 있다.

아, 이게 아닌데. 아홉 살 아이들을 상대로 삐지는 선생님이라니.

나답지 못한 찜찜한 하루였다. 뒤돌아보기 싫은 마음으로 퇴근을 했다. 오늘 저녁에는 비대면(zoom)으로 참석하기로 한 연수가 있다. '새로운 학교 경북 네트워크'에서 주최하는 그림책 연수이다.

이달의 책은 아니 카스티요의 『핑!』

상대방에게 무언가를 보내는 핑.

상대로부터 무언가를 받는 퐁.

이렇게 사람들 간의 오고 가는 상호작용을 핑퐁으로 표현한 그림책이다.

연수를 진행하시는 남자 선생님께서 잔잔한 목소리로 책을 읽어주신 후, 최근 각자가 보낸 '핑'과 받은 '퐁'에 대해 이야기를 나눠보자고 하셨다.

"제가 받은 기억에 남는 '퐁'은 포항에 내려와 처음 인연 맺은 동 학년 후배님이 이 연수를 같이 듣자고 제게 손을 내밀어 준 것입니다. 인천에서 포항으로 내려온 후 외부 연수에서 받는 새로운 자극이 딱 필요한 타이밍에 이 연수를 듣게 되어 너무 행복합니다."

라고 선생님들께 인사를 드렸다.

이제 '핑'에 대해서 발표할 차례.

"최근 제가 보낸 '핑'을 생각해 보니 오늘 하루 마음먹고 아이들에게 아무런 '핑'을 보내지 않은 사실이 떠오릅니다. 몇몇의 보호자들의 태도로 인해 제 기분이 상했던 것인데 그 화를 엉뚱하게 우리 반 학생들에게 풀려고 했나 봅니다. 오늘의 그림책은 저의 이런 치사함을 꾸짖으려고 운명처럼 나타난 책 같습니다."

처음 뵙는 선생님들이라 부끄러웠지만 솔직하게 떠오르는 '핑'을 이렇게 고백하며 오늘을 반성했다.

연수에서 두 번째로 소개받은 책은 하세가와 슈헤이의 『가슴이 콕콕』이다.

이 그림책의 활용법은

읽기 전, 가슴이 콕콕했던 일이 있는지 묻는다.

읽은 후, 가슴이 콕콕했던 일을 다시 묻는다. 그리고 혹시 책에 나오는 친구들처럼 누군가에게 사과하고 싶은 일이 있는지, 사과받고 싶은 일이 있는지를 생각해 보자고 한다. 이어서 빨간 사과 모양 포스트잇을 활용하여 직접 사과를 하고 받는 활동을 하는 것이다. 눈으로는 연수를 들으며 손으로는 바로 핸드폰을 열어 그림책과 사과 모양 포스트잇을 주문했다.

'학교폭력예방교육'이라는 다소 무시무시한 이름이 늘 고민이었는데 사과처럼 새콤달콤한 방법을 찾은 것 같아 설렌다. 우리 반 아이들에게 용기 있게 사과하고 아름답게 사과받는 방법과 시간을 선물할 수 있게 되어 마냥 신이 난다.

그래, 사람은 원래 살던 대로 살아야 한다. 난 아이들과 무언가를 할 생각에 기분이 좋아지는 그런 사람이다. 오늘 학교에서 웃어주지 않았던 것까지 내일 두 배로 미소를 날려줘야지.

과거청산 프로젝트

어젯밤 제보가 있었다. 우리 반 한 아이가 핸드폰 문자로 친구에게 욕설이 담긴 나쁜 말을 보냈다는 것이다. 나쁜 말 문자를 받은 아이의 어머니께서 아이 핸드폰을 충전해주다 우연히 이 대화 장면을 발견하시고 사진으로 캡처하여 보내주셨다. 안 그래도 이렇게 딱 좋은 방법을 연수에서 알게 되었는데 좀 더 일찍 교육했다면 막을 수 있었을까? 언제나 자랑스러워야 할 나의 학급에서 이런 일이 일어나다니! 내 얼굴에 먹칠한 듯한 기분이 들어 나쁜 말 문자를 보낸 아이가 조금 미웠다. 하지만,

'몰라서 그랬겠지. 아니, 모른다기보다 배우지 못해서 그랬겠지.'

그런 문자를 생각 없이 가볍게 보내는 것도 사이버 언어폭력임을 배우지 못해 생긴 일이라고 생각하기로 했다. 그래야 그 아이를 미워하지 않을 수 있고 그래야 그 아이의 1년도, 나의 1년도 행복할 수 있을 테니 말이다.

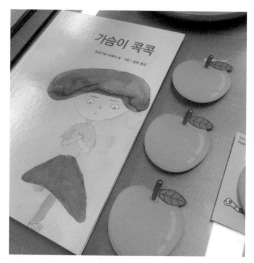

그림책 『가슴이 콕콕』과 사과 모양 포스트잇.
학교폭력예방교육 맞춤 무적의 아이템이다.

다음 날 해당 아이를 불러서 바로 혼내고 싶은 마음을 꾹
꾹 눌러 참고 『가슴이 콕콕』 그림책을 꺼냈다. 연수에서 배운
대로 읽어주기 전,

"얘들아, 혹시 최근 가슴이 콕콕했던 적이 있니?"라고 물
었다.

'가슴이 콕콕했다.'의 정의는 아이들이 각각 내려 발표를

했다.

"엄마한테 혼났을 때요."

"친구랑 싸웠을 때요."

"엄마한테 거짓말했을 때요."

"게임에서 졌을 때요." 등등

"그렇구나. 그럼 이 그림책은 어떤 내용인지 같이 한 번 읽어 볼까?"

『가슴이 콕콕』은 주인공 나와 친구 리리의 이야기로 시작된다. 일요일에 '바다소'를 보러 가자고 말한 리리. '소'를 보러 가자고 들은 나. 그래서 리리는 수족관에, 나는 동물원에서 서로를 기다리다 만나지 못하고 갈등이 생겨버린다. 서로 탓을 하며 화를 내다 각자 자신의 잘못을 인정하고 화해한 후, 다시 동물원도 가고 수족관도 가며 이야기가 마무리된다.

함께 책을 읽은 후 사과 포스트잇과 함께 과거청산 프로젝트를 시작했다.

"애들아, 유명한 가수나 배우 중에 학창 시절 학교폭력에

연루된 사실 때문에 자신이 쌓은 모든 노력이 한순간에 무너진 이야기들, 혹시 들어 본 적 있니? 우리 반에서도 누가 유명 연예인이 될지 몰라. 연예인뿐만 아니라 의사가 될 수도, 판사가 될 수도, 장관이 될 수도, 대통령이 될지도 모르잖아. 어떤 사람이 되건 간에 우리는 미리 과거를 돌아보고 잘못한 부분은 오늘 다 사과해 버리는 거 어떨까?"

그리고 한 사람당 두 장씩 사과 포스트잇을 나눠줬다.

"요즘은 사이버 폭력도 문제가 되는 경우가 많단다. 핸드폰이 있는 친구는 폰을 꺼내서 전원을 켜 볼까? 내 핸드폰 속의 문자나 카톡에서 장난이었지만 상대방을 불쾌하게 만든 말이 있는지 한 번 찾아보자."

어제 제보에 걸린 아이가 자신의 잘못된 행동을 스스로 깨닫기를 간절히 바라며 말했다.

"잘못한 점을 발견한 사람은 포스트잇을 이용해 사과의 말을 써서 전하면 돼. 몰라서 한 행동이니 오늘은 사과하면 용서받을 수 있어. 하지만 이제는 배웠으니깐 앞으로 똑같은 잘못을 저지르는 건 안 되겠지?"

앗싸~ 어제 제보 속 아이 포함 네 명의 아이들이 휴대전화와 관련한 자신의 잘못을 시인하고 친구에게 사과했다. 사과할 일이 없다는 아이들도 있었다. 물론 그런 아름다운 아이들도 있다. 그런 아이들에겐 배움 공책에 포스트잇을 붙여놓고 필요할 때 사용하라고 안내했다.

사과를 한다는 것은 자신의 잘못을 인정하는 일이다. 스스로 잘못을 인정하는 일은 용기가 필요하다. 그러므로 어린이에게는 이렇게 '사과'에도 멍석을 깔아주고 연습할 필요가 있다고 생각한다.

일 년 내내 필요할 때마다 꺼내 쓸 수 있도록 교실 한쪽에 사과 포스트잇 보관 장소를 만들었다. 작은 포스트잇 하나가 용기 있게 사과하고 제대로 사과받는, 마음이 건강한 어린이로 자라는 데 일조하는 귀한 아이템이 되어줄 것 같다.

7. 세상에서 가장 소중한 안내장

학교에서는 아이들에게 단체로 안내할 일이 많다. 학교 교육과정 관련 안내도 많고 각종 행사, 대회 안내도 많다. 그래서 보통 아이들은 안내장에 시큰둥하다. 회신이 와야 하는 안내장의 경우, 집에까지 잘 가져가서 부모님께 무사히 전달해 주기만을 바라는 마음뿐이다.

그 와중 아이들이 한 달 내내 아주 애지중지 모시는 안내장이 한 장 있다. 바로 월간 '급식안내문'이다. 치킨이나 자장면처럼 선호 음식이 나오는 날은 아침부터 화기애애하게 급식메뉴로 이야기꽃을 피운다. 어느 날엔 급식메뉴가 치킨에서 떡볶이로 대체, 변경되었다는 잘못된 고급 정보가 떠돌았고 쉬는 시간 갑작스러운 100분 토론이 펼쳐졌다.

"난 치킨이 더 좋은데."

"나도! 말도 안 되지. 치킨 대신 떡볶이라니."

"난 떡볶이도 좋아."

"에이, 어떻게 떡볶이가 치킨을 대신하나?"

"선생님, 진짜예요? 치킨 대신 떡볶이가 나온다는 거?"

"음, 선생님도 모르는데? 영양사 선생님께 여쭤봐야지."

4교시 수업 후 실망 가득한 얼굴로 도착한 급식실. 다행히 떡볶이 대체설은 잘못된 정보로 판명 났고, 아이들은 입술 가득 치킨 기름을 묻힌 윤기 나는 점심시간을 보냈다.

오늘은 불고기가 메인 반찬인 날이다. 4교시 수업을 마치고 다른 반에 비해 조금 늦게 급식실에 도착했다. 급식을 받으려는데 조리원 선생님들께서 당황하며 서로를 쳐다보신다. 무슨 일이지? 우리가 너무 늦게 왔나, 그 정도는 아닌데?

조금 있으니 영양사 선생님께서 나오셨다.

이 당황스러운 분위기의 이유인 즉 메인 반찬인 불고기가 다 떨어졌다는 것이다.

불고기 반찬 배식을 담당하는 분께서 앞반이 마지막 반인 줄 알고 배식량을 다 털어 나눠줘 버렸다고 하셨다. 오늘 처음 일하러 오신 분이 하필 불고기 배식을 담당하셨고 모든 반이 다 왔다고 착각하신 것이다. 가끔 밥양이 조금 모자라거나 몇 명이 국을 못 받는 일은 있어도 이제껏 학교생활 중 한 반 전체가 메인 반찬을 못 받는 경우는 교사인 나도 처음이다.

그나마 다행인 건 오늘 3교시, 경북 불조심 어린이 행사와 관련하여 도넛 간식을 먹은 우리 반이었다. 급식에 흥미가 조금 떨어진 상태이긴 했지만, 아이들에게도 충격적이긴 한 날.

"선생님, 우리 오늘 불고기 못 먹어요?"

"그런가 보다. 우리 도넛 먹어서 배 별로 안 고프니깐 오늘은 다른 반찬으로 조금만 먹고 올라가자~"

메인 외 반찬들로 급식을 먹고 교실로 돌아왔다.

5교시 수업 시작 전 생각나는 책이 있어 학급문고 앞에 섰다.

여기 있다, 유은실의 『순례 주택』.

"얘들아, 선생님이 수업 전에 소개하고 싶은 책이 있어. 『순례 주택』이란 책인데 75세 건물주 김순례 씨가 주인공이야. 그리고 순례 씨가 '나의 최측근'이라고 부르는 중3 수림이라는 아이도 나오는데 김순례 씨와 친구처럼 잘 지내는 캐릭터야. 순례 씨가 여기에서 자기도 인생이 처음이라 어려울 때가 많고, 노인도 처음이라 어렵다며 자신을 '풋노인'이라고 얘기하는데 선생님은 이 부분이 되게 신선하더라. 이 정도 나이에 건물주라면 세상 무슨 일이든 다 해본 것 같고 다 잘할 것 같잖아. 그런데 풋노인이라니, 표현 참 재미나지?

그리고 수림이네 나머지 가족들은 수림이와 달리 싸가지가 없는 편이야. 자기들이 돈 좀 있을 때 순례 씨를 엄청나게 무시했거든. 그런 수림이네가 폭삭 망하는 타이밍이 있어. 그때도 순례 씨는 수림이네 가족들의 예전 행동을 욕하거나 비난하지 않더라. 오히려 그들이 현재 가난이 처음이라 어려울 거라고 '풋가난'이란 단어로 그들을 이해하려고 하더라고. 이 부분도 참 인상적이었어.

선생님이 오늘 왜 갑자기 이 책이 생각났냐면 너희들도 처음인 일들이 있잖아. 새로운 학원을 처음 갈 수도 있고 새로운 친구에게 처음 말을 걸어야 할 때도 있고. 그럴 때 어땠어? 쉽지만은 않았지?

오늘 급식에서 불고기 배식을 담당한 분도 어른이지만 우리 학교 급식실에서 일하시는 건 오늘이 첫날이었대. 누구나 처음은 이렇게 어려울 수 있고 그래서 실수할 수 있다는 거. 『순례 주택』의 김순례 씨를 떠올리며 우리 이 정도는 이해할 수 있는 사람이 되자, 어때?"

진지하게 이야기를 들어주는 예쁜 아이들. 고개를 끄덕이는 아이들의 모습에 또 하나가 생각났다.

"아, 그리고 여기에 나오는 중학생 수림이도 사는 게 어렵다면서 '나는 풋청소년인가?'라고 말하는 부분이 나와. 너희들도 혹시 비슷한 순간이 오면 이렇게 생각하고 넘기면 좋을 것 같아. '풋청소년'이란 단어를 떠올리며 나도 청소년은 처음이라 어려운 건가 보다~ 하고 말이야."

틀려도 괜찮아

저학년 아이들의 경우 학교에서 가장 떨려 하는 처음은 바로 '발표'이다. 발표는 많은 사람 앞에서 자기 생각을 표현하는 것으로 사회를 살아가는 데 있어 필수요건 중 하나라고 생각한다. 자신의 의견을 공개적으로 말하는 행위는 개인의 정체성을 구축, 강화하는 동시에 타인과의 의사소통을 원활하게 만들어준다. 아이들이 만나는 작은 사회인 '학교'는 이를 연습하기에 아주 적절한 공간이다.

학기 초, 학교생활에 어느 정도 적응 기간이 지나면 전체 발표를 예고한다.

"내일은 아침 활동 시간에 작성한 오늘의 책 한 줄 느낌을 모두 발표해 볼 거예요."

그랬더니 다음 날 배움 공책 '오늘 하루 나의 기분'에 두려움과 떨림을 표현한 아이들이 보였다.

"오늘 전체 발표라 떨린다."

"드디어 발표하는 날이다."

"발표를 잘할 수 있을지 걱정된다."

어른들에게는(특히 교사에게는) 별것 아닌 것처럼 보이는 발표도 처음인 아이들에겐 이렇게 긴장되고 작은 공포를 불러일으킬 수도 있는 일이다. 마키타 신지의 그림책 『틀려도 괜찮아』는 이런 아이들에게도 용기를 주지만 교사인 내게도 다시 한번 주의를 환기해 주는 책이다. 틀려도 괜찮은 교실을 만들어주라고, 교실이 아이들에게 실패를 경험할 수 있는 가장 안전한 장소가 되어야 한다는 것을 잊지 말라고 일깨워준다.

그림책을 함께 읽은 후, 전체 발표를 시작했다. 바른 발표 자세와 적당한 목소리, 발표를 듣는 태도까지 연습해 본 첫날. 목소리가 좀 작더라도, 발표 자세가 조금 나쁘더라도, 우는 아이 하나 없이 전원 발표를 마쳤다면 성공으로 봐줘야 한다. 처음은 뭐든 다 어려운 법이니까. 이어, 우리 반 첫 협동화를 해보기로 했다.

인스타그램의 booknteacher 선생님께서 『틀려도 괜찮아』 책 표지로 협동화 작품을 완성하여 게시해 놓은 것을 보았다. 이 책의 독후 활동으로 딱이다, 라는 생각에 자료를 다운받아 준비해 두었다. 책 표지를 아이들 수만큼 분할한 파일로 출력하여 한 장씩 나눠줬다. 아이들이 각자 한 장씩 색칠을 한 뒤 모든 조각을 모아 붙이면 하나의 그림이 재탄생되는 방식이다. 먼저 완성된 조각들을 칠판에 붙여줬더니,

"와, 선생님, 무슨 퍼즐 같아요."

"그림이 점점 완성되어 가고 있어요."

세상 많은 것들에 크게 반응하는 어린이들.

새로운 것을 배우고 이해하는 과정에서 아이들이 보여주는 순수함은 참으로 아름답다.

"(책 표지의)선생님 눈이 한쪽은 컬러렌즈가 됐어요."

"이 친구는 티셔츠 색깔이 반반 달라요."

"응, 그게 바로 협동화의 매력이란다. 좀 다르면 어때? 다른 건 다른 데로 멋이 있잖아? 앞으로 발표하는 데 조금 자신이 없을 때는 이 협동화를 한 번 쳐다보고 '그래, 완벽하지 않아도 돼!'라고 생각하고 도전해 보렴."

이 협동화는 1년간 교실 뒤 게시판 한쪽에 붙여놓는다.
우리 교실에서는 완벽하지 않아도 된다.
누구나 마음껏 틀려도 괜찮다.

이토록 아이들이 반짝이는 순간

2장

와글와글, 행복한 교실

1. 아이유 부럽지 않은 어린이날

어린이날을 맞아 준비하는 3종 선물 세트는 다음과 같다.

1. 이름 각인 연필 – 가격과 연필 질을 따져 인터넷 업체 중 마음에 드는 곳에서 미리 주문해 둔다. 최근에는 '세상에 하나뿐인 소중한 너, 우리 반 자랑 김○○' 문구를 새겨 주문하고 있다.

2. 포토엽서 – 이건 연필보다 더 미리 준비해야 한다. 좋아하는 친구와, 좋아하는 교실 배경을 선택해 사진을 찍는 시간이 필요하기 때문이다. 최근에는 인터넷 사진 현상 업체 중 한 곳에서 인스타그램 엽서 형식에 사진을 넣어 주문하는 것을 선호한다.

3. 간식 선물 – 손수 마트에서 장을 봐서 봉투에 하나씩 넣어 준비할 때도 있고 깔끔하게 업체의 완제품을 주문

할 때도 있다.(나이가 들어가며 몸보다는 돈을 쓰는 편이다.)

아이들이 과학실에서 전담 수업을 받는 동안
책상 위엔 3종 선물을 올려놓고(일일이 이름 확인 필요)
칠판 그림까지 그리느라 세상 긴박한 한 시간이다.

칠판에는 개학 첫날처럼 색색의 컬러 펜을 활용해 한껏 화려하게 어린이날 축하 그림을 그려둔다.

"선생님이 준비한 작은 선물, 기쁘게 받아주길 바라. 오늘 창체는 교실 놀이다!"

라는 행복한 메시지도 곁들인다.

전담 수업을 마치고 교실로 돌아와 각자의 책상 위에 놓인 세 가지 선물을 보자마자,

"우와~ 대박!"

"선.생.님! 선.생.님! 우.웃.빛.깔.선.생.님!!!"

소박하게 준비한 어린이날 3종 선물 세트의 보답은 아이유급 환호다. 이 나이에 어디 가서 우웃빛깔 안나진 소리를 들으랴.

그리고 이어지는 아름다운 반응들.

"선생님, 이거 작은 선물이 아닌데요!"

어머, 어쩜 넌 말도 그렇게 예쁘게 하니?

"선생님~ 여기 연필에 제 이름은 어떻게 넣은 거예요?"

선생님이 한 땀 한 땀 새긴 건 아니란다. 전문가에게 맡겼지. 하하.

"집에 가서 꺅~ 소리 질러야지."

평소 조용한 성향의 하민이도 이렇게 귀여운 다짐을 중얼거린다. 교실에서 맘껏 좋아해도 되는데.

작은 것에도 크게 호응해주는 아이들과의 일상은 참 맑다.

그림책 어린이

어린이날을 앞두고 '그림책 수다방' 모임에서 베아트리체 알레마냐의 『어린이』라는 책을 소개받았다. 그리고 한 선배님께서 자화상 그리기 활동과 함께 이 책을 활용한 수업을 알려주셨다. 늘 어린이날에는 선물을 준비하고 깜짝파티를 해주던 나의 학급경영 패턴에 이토록 훌륭한 교육적 활동을 덧붙일 수 있다니! 연수를 들으며 미리 설레버렸다.

그림책 『어린이』에는 '어린이는 ~해요.'라는 식의 표현이 많이 나온다.

"어린이는 정말 엉뚱한 일만 하고 싶어 해요. 어린이는 예쁜 돌멩이가 물속에 빠졌다고 울어요. 깜깜해졌다고 울어요. 어린이는 정말 스펀지 같아요. 어린이는 자그맣고 귀여운 것들을 갖고 놀아요."

이런 식으로 어린이에 대한 다양한 이야기를 촘촘히 들려준다.

"선생님도, 부모님도, 어린이였던 시절이 너무너무 옛날이라서 어린이에 대해 많은 부분을 잊어버렸어요. 작가님이 여러분 같은 어린이의 마음을 이해하는 데 도움이 되라고 만든 책이래요."

작가의 의도를 내 생각대로 요약, 설명한 후 자화상 그리기 활동을 시작했다.

준비물은 세 가지. A4 도화지, 먹지, 얼굴이 크게 나온 사진 출력물.

그리고 위에서부터 사진-먹지-도화지 순서대로 겹쳐서 클립을 꽂아 고정해 주면 준비 완료.

연필로 사진을 따라 얼굴을 그리다 보면 그럴싸한 팝아트 느낌의 밑그림이 탄생한다. 색연필, 매직을 활용해 채색까지 완성하고 나면 자화상 아랫부분에 한 문장을 덧붙여 달라고 아이들에게 요청한다. 어린이의 생각을 잘 모르는 어른들에게 어린이에 대해 알려주고 싶은 문장을 하나씩 적어달라고 했다.

압도적 1위는 지극히 예측 가능한 문장이었다.

"어린이는 공부를 싫어해요."

"어린이는 노는 것을 좋아해요."

뒤따른 2위는,

"어린이는 게임을 좋아해요."

"어린이는 관심받는 것을 좋아해요."

그 외 아이들 개개인의 바람이 담긴 문장들도 나왔다.

특정 애니메이션을 아주 좋아하지만, 그 점에 대해 친구들 또는 어른들의 이해를 받지 못한 경험이 있는 아이의 경우, "어린이는 각자의 취미가 있어요."

부모님과의 애착이 중요해 가끔 등교에 어려움을 겪는 아이의 경우, "어린이는 어른 옆에 있고 싶어 해요."

엉뚱하고 기발한 생각을 잘하던 아이는 "어린이는 신기하게 성장해요."

또래보다 좀 더 성숙한 아이는 "어린이는 어른이 되고 싶어 해요."라는 문장을 덧붙였다.

그리고 전혀 예상하지 못한 표현들도 있었다.

"어린이는 잠자는 걸 좋아해요."(어머! 선생님도 잠자는 걸 좋아해.)

"어린이는 참견하기를 좋아해요."(오~ 참견하기를 좋아하는 어린이도 있구나.)

"어린이는 과거를 궁금해해요."(여덟 살 인생의 과거에는 무슨 일이 있었던 걸까?)

"어린이는 엄마, 아빠를 사랑해요."(까아~ 뉘 집 자식이 이리 사랑스러운 거니!)

"어린이는 눈물이 많아요."(맞아, 그렇지… 꼭 기억할게.)

아이들이 들려주는 어린이에 관한 소중한 이야기.

교사로서, 어른으로서 귀담아듣는다.

잊지 않으려고 노력한다.

아이들과 함께하는 일상은 작은 교실이라는 이 물리적 공간이 사실 어마어마하게 큰 세계임을 매일 깨닫게 해준다. 각기 다른 아이들의 생각이 반갑다. 아이들이 이렇게 자신만의 고유한 영혼을 가진 존재임을 느낄 수 있는 교육 현장을 사랑한다.

가정의 달 5월 맞이 그림책과 독후 활동이 아주 성공적이라 기분이 둥실둥실 이다.

　그림책 『어린이』를 다시 학급문고 제자리에 꽂아 놓으려고 보니 그 옆에 헨리 블랙쇼의 『어른들 안에는 아이가 산대』라는 책이 보였다.

　어른들도 울고 싶을 때가 있고 무서울 때도 있고 장난치고 싶은 순간도 있다는 이야기가 인상적이라서 어버이날에 맞춰 읽어줘야지, 하고 찜해뒀던 책이다. 그런데 오늘 아침 독서 시간에 이 책을 먼저 읽은 재희가 배움 공책에 한 줄 평을 이렇게 써 두었다.

　"아이들 안에도 어른이 살 것 같다."

　아! 이 책도 어린이날과 어울릴 수 있구나. 내일은 재희의 한 줄 평을 공유하며 아이들과 함께 이 책을 읽어봐야겠다. 나 대신 틈틈이 아이들에게 말을 걸어주는 그림책들이 있어 줘서 오늘도 고맙고 든든하다.

2. 우리 반 전입생, 장수풍뎅이

우리 반 30번, 31번. 아롱이와 아름이.
5월에 애벌레 상태로 우리 반에 전입한 장수풍뎅이들이다.

감히 짐작하건대, 세상에서 가~장 사랑받은 장수풍뎅이 애벌레일 것이다.

개인적으로 벌레는 질색이다. 동물들도 딱히 좋아하지 않
는다. 장수풍뎅이 애벌레 두 마리가 우리 집에 오게 된 건 한

후배의 선물이었다. 후배는 네 살 딸아이와 장수풍뎅이 성충 2마리를 집에서 키우다 50여 개의 알을 마주하게 되었고 주위에 애벌레 나눔을 시작했다. 물론 무작정 애벌레를 들고 우리 집으로 쳐들어온 것은 아니다. 분양받을 생각이 있냐고 물었고, 고민했다.

곤충을 비롯한 모든 벌레류를 보고 으악~ 반응하는 엄마를 만나 당시 여덟 살 첫째 아들은 꼬물거리는 모든 작은 생명체들을 싫어했다. 그런데 다섯 살 둘째 딸은 아직 꼬물이에 대한 선입견이 없었다. 후배의 집에 가 네 살 동생과 함께 애벌레를 만져보고 손 위에 놓아 보고 관찰하던 모습, 장수풍뎅이 성충이 젤리를 먹는 걸 보며 신기해하는 딸의 모습에, 반성했다. 어떤 대상에 대해 직접 겪어보지 않고 엄마로 인해 그 대상에 대한 호불호를 갖는 것은 바람직하지 않지! 그래, 애벌레 두 마리만 받아보자. 그날로 우리 집에서 함께 생활하게 된 꼬물이들은 다양하게 자신의 존재를 과시했다.

설거지를 끝내고 아이들을 재운 후 노트북 앞에 앉아 오늘도 어김없이 작가 놀이를 하려는데 어디선가 사락사락. 어, 무슨 소리지? 소름이 쫙. 다시 귀 기울여 봐도 사락사락. 이 시간대 우리 집에서 날 만한 소리가 아닌데. 살금살금 주위를 살폈다. 거실, 아닌데? 화장실도, 아니고? 어! 첫째 방이다. 범인은 바로 사육상자 안에 살고 있던 장수풍뎅이 애벌레 두 마리가 내는 소리였다. 혼자된 이 밤 내가 외로울까 봐 자신들의 존재를 이리 알리는 것인가, 이런 배려는 사양하고 싶은데.

그 후 애벌레들은 폭풍 성장의 시기를 거쳤다. 번데기, 성충의 단계를 지나 다음 해가 되자 마구 알을 낳더니 그 알들이 다시 애벌레가 되어 우리 가족의 수는 기하급수적으로 늘어갔다.

2학년 아이들을 맡았던 해, 우리 반 아이들도 좋아할 것 같아서 학교로 장수풍뎅이 '알' 두 개를 가져왔더니 반응이 가히 폭발적이었다. 그런데 아무래도 학년이 마치기 전에 성충의 모습을 만나보려면 좀 더 성장한 상태의 장수풍뎅이를 데려오는 게 나을 것 같아서 '애벌레' 두 마리로 교체했다.

아름이, 푸딩이, 아롱이, 풍이, 둥이, 둥둥이, 하린이(?) 등의 다양한 이름 후보 중 다수결로 뽑힌 우리 반 장수풍뎅이들의 이름은, 아롱이와 아름이었다. 개인적으로는 푸딩이가 제일 마음에 들었지만, 아마도 '아름우리반'이라는 반 이름에서 파생되어 지어진 이름일 것이다. 장수풍뎅이의 작명에도 우리 반 이름을 넣어주는 센스있는 아홉 살.

'우리 집' 아홉 살 남아는 여전히 애벌레에 대한 반감이 컸다. 그래서 징그럽다는 표현을 자주 했는데 '우리 반' 아홉 살은 남녀 모두 대체로 애벌레에 대해 귀엽다는 평을 보여 신기했다. 다행이다 싶기도 했고.

아롱이와 아름이의 전입 이후 아이들은 예전보다 '더' 쉬는 시간을 목이 빠져라, 기다리게 되었다. 쉬는 시간이면 모두 사육상자로 달려가 우리 반 30번, 31번 친구에게 온갖 애정을 쏟아부었다.

교실에서 생일파티나 100일 파티를 한 후 단체 사진을 찍을 때면 어김없이 누군가가,

"선생님, 잠깐만요~"

하고는 달려가 장수풍뎅이 사육상자를 가져와 카메라 앵글 안에 넣곤 했다.

점심시간, 교실 뒤 게시판 한쪽에 '우리 반 새 친구 30번

아롱이, 31번 아름이'라는 제목의 알림판을 만들어 부착했다. 장수풍뎅이에 대해 자유롭게 의견을 공유할 수 있는 공간이라고 설명을 덧붙였다. 며칠이 지나자 아이들은 책을 읽고 장수풍뎅이에 대해 알게 된 내용을 써서 게시하거나 애벌레 모양을 관찰하여 그린 그림을 붙였다. 아롱이, 아름이를 동시로 표현한 꼬마 시인도 탄생했다.

애벌레일 때 암수 구별을 정확하게 못 했는데 뿔이 솟은 번데기 상태를 보더니, 아이들이 책을 가져와 보여주며 내게 알려준다.

"선생님~ 아름이는 수컷이에요."

학습만화 『Why?』 책에 나온 사진과 똑같은 탈바꿈 과정을 보여주어 아이들의 관심을 독차지하고 있는 아름이.

지난주 쉬는 시간에는 운 좋게 직접 허물을 벗는 모습을 관찰할 수 있었는데 오늘은 완벽하게 허물을 다 벗고 몸을 말리고 있었다. 곧 톱밥 위로 올라와 위풍당당한 성충의 모습을 보여줄 것 같다. 그날이 오면 세상에서 가장 격한 환영을 받는 장수풍뎅이가 될 것이다.

"아름아, 번데기가 된 걸 축하해. 아롱아, 너도 무럭무럭 잘 자라렴."

"아롱아, 아름이 잘 보살펴줘."

"아름아, 아름답게 쑥쑥 자라."

"아롱아, 아름다운 우리 반이 되어 같이 즐겁게 지내자."

번데기가 되었을 때도 이렇게 격한 축하를 받은 장수풍뎅이였다. 그런데 아롱이는 어떻게 된 걸까. 번데기가 될 즈음인데 아예 모습이 보이지 않았다. 톱밥 한가운데서 생을 마감한 것인가. 아름이, 아롱이가 암수 1쌍이면 참 좋겠다 싶었는데 아쉬운 부분이다. 그래도 아이들이 한 가지 곤충에 대해 자유롭게 관찰하고, 기록하고, 느끼고, 공유하는 모습을 볼 수 있어 보람찬 시간이었다. 아이들과 장수풍뎅이 애벌레가 처음 만났던 순간에는 전혀 예상하지 못했던 풍경이니 말이다.

"사람의 일이란 게 이렇다. 혼자서 하는 것처럼 보여도 순전히 제힘으로 성사되는 일은 거의 없다. 사람은 관계의 날씨에 영향받는다."

은유의 『우리는 순수한 것을 생각했다』라는 책에 나오는 문장이다. 경력이 쌓이며 어느 정도 틀이 생긴 나의 학급경영에 장수풍뎅이 사육은 단단한 틀의 한 곳을 비집고 들어와 준 새로운 영역이다. 장수풍뎅이 애벌레를 분양해 준 후배와 우리 교실에서 잘 지내준 장수풍뎅이 모두에게 감사한 마음이다. 아이들을 키우는 것과 또 다른 맛의 육아(?) 재미가 있기도 했다.

　새로운 꼬물이 친구들 덕에 5월 이후 교실은 생기가 더해졌다. 특히 월요일, 신기하게 초등 아이들도 월요일이면 직장인들마냥 조금 피곤한 모습으로 등교를 한다. 신나게 보낸 주말의 여운을 안고 다소 멍한 얼굴로 터덜터덜 교실로 들어서는 아이들이었는데, 이제 등교 후 우리 반 모든 아이의 첫 일과는 반짝이는 눈으로 아롱이와 아름이의 안부 확인이 되었다. 장수풍뎅이 친구들 덕에 학교 올 맛이 확실히 한 스푼 더해졌다. 그리고 초3 과학 교과서에는 배추흰나비의 한살이가 나온다. 나름 조기교육이 되었달까, 하하. 아이들에게 내년 과학 시간에는 배추흰나비를 키우게 될 거라고 알려줬다. 올해 키워본 장수풍뎅이와 비교하는 재미가 있을 거라고 애기해 주었더니 벌써 설레한다. 의도치 않게 3학년에 대한 기분 좋은 기대를 심어준 하루다.

3. 지각대장이 열어주는 아침

장마가 시작됐다. 아침부터 퍼붓는 비에 운전은 조금 불편하지만, 나는 비 오는 날을 아주 좋아하는 부류로 적당한 장마는 즐기는 편이다. 요즘 출근길 메이트인 팟캐스트 '정희진의 공부'를 들으며 상큼하게 학교 주차장으로 진입하고 시계를 쳐다보니 앗! 8시 35분. 빨리 뛰지 않으면 지각이다. 후다닥 차에서 가방을 챙겨 교실로 향했다. 8시 40분 종소리와 함께 아슬아슬하게 지각을 면하고 교실에 들어서려는데, 옆에서 승아도 비에 젖은 실내화 가방을 정리 중이다.

"어휴, 선생님. 오늘 날씨에 대해 어떻게 생각하세요?"

열린 질문을 할 줄 아는 똑순이다.

비를 좋아하는 여덟 살은 잘 없으므로 승아가 어떤 마음으로 질문했는지 잘 알지만, 배시시 웃음과 함께 솔직한 대답이 나와버렸다.

"선생님은 비 오는 날 좋아하는데."

"헉!"

동심을 지켜주지 못한 미안한 아침이었다.

8시 40분 종소리는 수업이 시작되기 전 20분간의 아침 활동 시작을 알려주는 용도이다. 어느 학년을 맡건 아침 활동으로는 독서를 선호한다.

등교 후 가방을 정리하고 각자 자리에 앉아 책을 읽는다. 집에서 가져온 책도 좋고 학급문고를 이용해도 된다. 각자 책을 읽고 배움 공책의 '오늘의 책 한 줄 느낌'을 쓰는 것으로 20분간의 아침 활동은 마무리된다. 저학년의 경우 학기 초 혼자서는 이 습관이 잘 정착되지 않는다. 그래서 초반에는 교사가 한 권의 그림책을 단체로 읽어준 후 질문을 주고받으며 한 줄 느낌 쓰기 활동을 연습한다.

그랬더니 학기 초가 지났음에도 불구하고 가끔 요청이 들어온다.

"선생님~ 오늘은 선생님이 책 읽어주시면 안 돼요?"

벌써 함께 읽는 그림책의 매력에 빠진 건가. 사랑스러운 것들.

지각할 뻔한 오늘과 딱 어울리는 그림책이 있다. 『학교 가기 싫은 선생님』 책을 만나기 전에는, 아이들과 만나는 첫날에 읽어주던 그림책이다.

존 버닝햄의 『지각대장 존』.

"작가 이름이 존 버닝햄이래. 한국 사람일까?"

"아니요~"

"그러면 어느 나라 작가님일까?"

아이들과 만나는 첫날에 읽어줘도 어울리는 책이다.

그렇게 갑자기 시작된 스무고개. 영국에 대한 여러 가지 힌트를 주고받으며 이야기꽃을 피운다. 역시 그림책 한 권으로 아이들과 나눌 수 있는 것들은 무궁무진하다. 그림책에는 글을 쓰는 작가와 그림을 그리는 작가가 각각 있다는 것도 짧게 언급한다. 학습 능력이 뛰어나지 않아도 글을 잘 쓰는 친구 또는 그림을 잘 그리는 친구가 학급에는 꼭 있기 마련이다. 그런 친구들이 잠깐이나마 우쭐했으면 하는 마음이다.(스치듯 하는 진로 교육도 된다.)

포스트잇으로 책 제목의 '지각' 부분을 가리고 책 표지 읽기부터 시작한다. 아이들의 상상력으로 기발한 대장들이 쏟아진다. 똥 대장부터 시작해서 발표 대장, 급식 대장, 방귀 대장, 먹기 대장, 심술 대장, 공부 대장 등등.('존' 부분을 가리고 접근할 수도 있다.)

그림책 속 존은 학교 가는 길에 예상치 못한 일들을 겪으며 매일 지각한다. 선생님께 지각의 사유를 솔직하게 말하지만, 선생님은 존의 말을 믿지 않는다. 그래서 야단을 맞고 반성문을 쓰는 날이 반복된다. 마지막 날, 선생님은 존과 비슷한 이유로 곤란한 상황에 부닥치며 존에게 도움을 요청한다. 하지만 존은 교사가 그랬듯 선생님의 말은 믿지 않는다며 유유히 집으로 돌아간다. 이 장면에서 아이들의 표정이 가장 익살스럽게 변한다. 늘 입바른 소리만 할 것 같은 선생님이 이렇게 골탕먹는 모습으로 그림책이 마무리됨이 아이들에게 통쾌함을 선사하는 것 같다.

그림책을 읽고 나서 아이들에게 묻는다.

"여러분은 오늘 학교 오는 길에 무엇을 보았나요? 혹시 존처럼 악어가 가방 가져간 사람, 손?"

교사의 말도 안 되는 질문에 아이들은 으하하 웃음을 터뜨리며 다양한 대답을 토해낸다.

"스쿨버스에서 승연이랑 인사했어요."

"유치원 때 친구인 연서를 봤어요."

이런 식으로 같은 반 친구, 작년 친구, 학원 친구, 동네 친구 등 각종 친구 이름이 나온다.

"우리 누나 선생님께 인사드렸어요."

"교장 선생님을 봤어요."
이제 선생님들 등장.

"저는 신호등을 봤어요."
"저는 도로 봤어요."
"저는 우리 학교 건물 봤어요."
무생물들도 나오기 시작하며 학교 오는 길에 대한 이야기
보따리가 한없이 풀린다.

사소한 것 같아 보이지만 서로의 생각을 존중하며 듣는 행
위는 친구들 간의 이해를 높이고 긍정적인 인간관계를 형성
하는 데 중요한 역할을 한다. 내가 따로 시간을 내어 아이들
과 그림책을 함께 읽는 여러 가지 이유 중 하나이다.

"그랬구나. 내일도, 모레도, 학교 오는 길 주변을 찬찬히
둘러보며 오렴. (눈을 크게 뜨며)존이 만난 사자가 나타날 수
도 있어요.(웃음) 참, 또 물어볼 게 있어요. 여러분이 학교에
왔는데 선생님이 이렇게 고릴라에게 붙잡혀 천장에 매달려
있으면 어떻게 할 건가요?"

살짝 긴장된 마음으로 질문을 던졌다. 혹시 나도 존의 선생님처럼 외로이 버려질 것인가.

"음, 고릴라 약 올려서 떨어지게 하고 선생님은 푹신한 매트 가져와서 구해줄 거예요."

"전 고릴라가 선생님 놓치도록 기다렸다가 선생님 받아줄 거예요."

어머, 다행이다. 버려지진 않았네.(그런데 받기는 좀 어렵지 않을까?)

"선생님 머리카락 기니깐 머리카락 당겨서 구해줄 거예요."(어… 구해주는 거 맞지?)

"저는 선생님이랑 같이 매달려 있을래요."(헉. 생각지도 못한 귀여운 대답! 역시 여덟 살.)

적어도 선생님 혼자 천장에서 외롭지는 않겠구나. 다들 고마워.

이 책에 대해 배움 공책에 작성한 아이들의 한 줄 평은 다음과 같다.

"하수구에서 악어가 나온 게 신기해요."
"존이 사자한테 바지가 뜯기는 장면이 재미있어요."
"악어랑 스쿨버스 같이 타고 싶어요."
"선생님이 고릴라한테 잡힌 게 너무 웃겼어요."
"300번 쓰는 벌은 너무 심한 것 같아요."

이렇게 시작한 하루, 앞으로 아이들의 지각에 대해 나도 열린 태도를 갖게 된다. 어느 아침 현관문을 막 나서기 전 누구에게나 급똥의 신호가 올 수도 있고, 아이의 등교를 도와줘야 하는 부모님이 편찮으셔서 아침 준비가 늦어질 수도 있다. 학교에 꼭 챙겨가야 하는 준비물이 아침에서야 뒤늦게 떠오를 수도 있는 일이고, 학교 오는 길 유난히 맑은 하늘에 취해 시간을 빼앗길 수도 있을 것이다.

오늘도 한 권의 그림책으로 세상에 대한 이해의 폭을 한 뼘 더 넓혀본다.

가정에서는 아이에게 학교에서 집으로 돌아오는 길에 관한 질문을 던질 수 있겠다.

　　잊지 말고 오늘 알림장에 숙제로 내어야지!

4. 벌써 만난 지 100일이라니!

    학교─집이 전부이던 포항 아이가 스무 살에 수도권에 입성했다. 의도한 건 아닌데 의도한 것처럼 본가에서 가장 먼 '인천'에서 교대를 나와 직장인이 되었고 교사 경력과 함께 인맥을 쌓으며 인천 여기저기에 흔적을 남기며 살았다. 이쯤이면 제2 고향으로 이곳에 정착하나 싶었던 몇 해 전, 다시 고향으로 돌아오게 되었다. 스무 살에 호기롭게 떠났던 포항에서 마흔을 맞이하다니, 역시 사람 일은 한 치 앞을 알 수가 없다.

    고향으로 내려오기 전 인천의 많은 인연과 작별 인사를 했다. 서운하다며 피자를 먹다 말고 눈물을 뚝뚝 흘리는 친구가 있었다. 와, 나 꽤 괜찮은 인생이었네. 머나먼 타국의 땅으로 떠나는 것도 아닌데 울어주는 친구라니.

그날 친구가 SNS에 짧게 글을 남겼다.
"비 오는 날, 꽃, 책, 커피, 달콤이를 좋아하는 친구가 좀 멀리 떠나게 돼서 서운하다."
타인이 내려주는 나에 대한 정의.
내가 좋아하는 것들은 이렇게 다 티가 나는 일차원적인 건가 보다. 어쩜 이렇게 잘 알고 있지?
그 외에도 노래하기, 피아노 치기, 편지쓰기, 일기 쓰기, 서프라이즈 파티하기, 선물하기, 보기만 해도 기분 좋아지는 무용한 것들 쇼핑하기를 좋아한다.
40여 년간 이런 것들을 사랑하며 살아오면 자연스럽게 온몸에 이런 아이템들이(?) 장착되고 일터인 학교에서도 티가 나게 된다.

비가 오는 날은 평소보다 '더' 기분 좋게 출근한다. 비 오는 날 맞춤으로 아이들에게 읽어주는 그림책도 따로 있다. 종종 예쁜 꽃을 사다 학교에 꽂아둔다. 매력적인 양질의 책들로 학급문고를 가득 채운다. 6월에는 아이들 몰래 만난 지 100

일 기념 파티를 준비한다. 피아노와 기타 반주로 아이들과 함께 노래 부르기를 즐긴다. 아이들의 생일날에는 생일책과 작은 하트 미역을 선물한다. 핼러윈, 크리스마스엔 아이들과 함께 교실 분위기를 그럴싸하게 꾸미고 즐거워한다. 좋아하는 것들을 나열하다 보니 정여울의 『빈센트 나의 빈센트』에서 고흐가 동생 테오에게 보낸 편지글이 떠오른다.

"우리는 되도록 더 많은 것을 사랑하며 살아가야 해. 진짜 힘은 바로 거기에서 나오기 때문이란다.
더 많이 사랑하는 사람은 더 행복할 뿐 아니라, 자기 자신을 믿을 수 있어."

좋아하는 것이 많은 삶은 당연히 즐겁다. 개인적으로 좋아하는 걸 다수의 어린 영혼들과 나눌 수 있어 삶이 더 풍요롭다. 글을 쓰다 보니 좋아하는 것들의 목록을 더 늘려야겠다는 희한한 사명감마저 든다.

매년 다른 사람과 100일을 챙기는 여자

'봄' 교과서를 끝내고 '여름' 교과서를 시작하기 전, 배움 공책 '내 마음을 전해요'에 "봄이 마지막이다. 봄이 떠나고 여름이 온다. 그래서 슬프다."라고 마음을 표현한 아홉 살 친구가 있었다. 어린이들은 다 여름을 좋아하는 줄만 알았는데 나의 선입견이었나보다.

나는 여름이라는 계절을 네 번째로 좋아하지만, 교사로서 여름을 기대하는 한 가지 이유가 있다.

그것은 바로 서프라이즈 100일 파티.

3월 2일에 학기가 시작되면 6월 9일이 아이들과 만난 지 100일이 되는 날이다.

날짜를 딱히 셀 필요도 없다. 20년쯤 경력이 되면 저절로 외워지는 정보이다.

어릴 때부터 어른이 된 지금까지도 줄곧 깜짝 파티를 즐기는 사람으로, 1년 중 가장 설레며 준비하는 학급 행사가 바로 100일 기념 파티이다.

보통 전날 칠판에 어느 정도 준비를 해 놓고 간다. 요란하게 풍선을 한가득 붙여놓거나 3월 첫날처럼 칠판에 액자 모양의 화려한 그림을 그려둔다. 그리고 그림 속 100일 파티 제목 칸을 비워두면 대개 아이들은 이유를 눈치채지 못한다.

100일 파티 당일, 뭔가 신나는 분위기에 눈들이 반짝이면서도 고개를 갸웃하는 아이들.

"선생님, 이거 뭐예요?"

"오늘 무슨 날이에요?"

"선생님 생일이에요?"

하하. 깜찍한 반응들.

"오늘이 우리가 만난 지 며칠 되는 날일까?"라고 물으면

눈치 빠른 몇 명이 "혹시 100일인가?" 짐작하고 파티가 시

작된다.

칠판 한 조각을 차지한 아이들,
기분 좋은 해방감을 맛보며 각자의 마음을 쏟아낸다.

이처럼 특별한 날에는 아이들에게 칠판 한 조각을 허락해

준다. 친구들에게 또는 선생님에게 하고 싶은 말을 써도 되

고, 100일을 기념해서 그리고 싶은 그림을 그려도 된다고 하

면 모두 신나게 자신의 마음을 칠판에 옮겨놓는다.

"선생님, 100일 동안 감사했어요."라는 인사부터

"친구들아, 모두 모두 사랑해."라는 사랑 고백도 있고

"애들아, 100일 동안 많은 걸 가르쳐줘서 고마워."라고 친구들에게 감사 인사를 전하기도 하고

"우리 200일까지도 힘내보자!"라는 결의에 찬 귀여운 다짐도 있다.

그리고 이어 대망의 보물찾기 한 판!

어릴 적 내가 가장 좋아하던 놀이다. 보물을 찾기 전까지 설렘이 극대화되는 놀이.

보물찾기 선물은 작은 간식들과 각인 지우개로 미리 주문해 둔다.

'너희가 바로 이 세상의 보물이야.'라는 아름다운 문구를 콕 박아서.

보물찾기 놀이 종료 후 선물까지 모두 배부하면 100일간의 학교생활을 스스로 돌아보는 체크리스트와 함께 파티는 끝이 난다.

올해 100일 파티는 소문을 좀 내며 준비했더니 주변에서

여럿이 파티에 동참했다. 이번에 나를 따라 처음으로 반 아이들과 100일 파티를 열어본 옆 반의 2년 차 후배님, 다른 학교에서 일하는 후배님, 인천에서 일하는 교대 동기들까지.

오후가 되니 100일 파티 후기가 속속 도착했다.

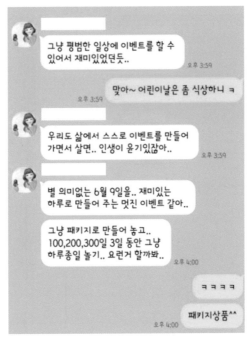

그냥 평범한 일상에 이벤트를 할 수 있어서 재미있었던듯.. *오후 3:59*

맞아~ 어린이날은 좀 식상하니 ㅋ *오후 3:59*

우리도 삶에서 스스로 이벤트를 만들어 가면서 살면.. 인생이 윤기있잖아.. *오후 3:59*

별 의미없는 6월 9일을.. 재미있는 하루로 만들어 주는 멋진 이벤트 같아..

그냥 패키지로 만들어 놓고.. 100,200,300일 3일 동안 그냥 하루종일 놀기.. 요런거 할까봐.. *오후 4:00*

ㅋㅋㅋㅋ

패키지상품^^ *오후 4:00*

학급 이벤트 패키지 상품 탄생.

시작할 때는 뭔가 소소하게 선한 영향력을 발휘한 듯하여 기분이 좋았는데, 앞으로 이들이 만날 수많은 어린이를 생각하니 이거 소소하지 않은데? 꽤 파장이 큰 영향력이었는걸? 나도 모르게 오늘 하루 되게 훌륭한 사람이었네. 호호.

23년 차 교사로서 추구하는 가장 큰 공동체 가치는 '사랑'과 '행복'이다. 매해 만나는 아이들이 선생님과 친구들에게 듬뿍 '사랑'받은 한 해였다고 느꼈으면 한다. 그리고 나와 함께한 1년이 남들과 어울려 세상을 '행복'하게 살아가는 방법을 경험한 시간이었기를 바란다. 아이들의 신나는 모습에 일단 '나는' 확실히 더 행복해졌다.

아이들과 만난 지 이제 100일, 우리는 그동안 서로에게 어떤 의미가 되었을까.
특별한 하루를 만나 마냥 즐거워하는 아이들 하나하나의 마음속이 좀 더 궁금해지는 오늘이다.

5. Birthday boy, Birthday girl

"1월에 태어난 너는 동백나무 아이 힘찬 날개짓으로 새날
을 여는 아이

2월에 태어난 너는 매화나무 아이 얼어붙은 마음을 녹이
는 햇살 같은 아이"

⋮

최숙희 님의 『열두 달 나무 아이』는 첫 학급생일파티 전 아
이들에게 읽어주는 그림책이다. 월별 생일 아이들의 이름을
함께 넣어 읽어준다. 매년 읽어줄 때마다 마지막 부분에서
뭉클해진다.

"나무가 꾸는 꿈이 숲을 이루듯 너희가 꾸는 꿈이 세상을
이루지." 맞아, 내 앞의 아이들이 앞으로의 세상이지. 단단하

고 자유롭게 꿈꿀 수 있게 도와주는 교사가 되어야지, 다짐하게 된다. 그림도 너무 사랑스러워서 페이지를 넘길 때마다 기분이 좋아지는 책이다.

두 아이의 엄마가 되고 나니 생일의 의미가 남달라졌다. 열 달간 엄마 뱃속에서 지내오다 아이가 세상으로 처음 나오는 날. 엄마도, 아이도 서로 죽을힘을 다해 최선을 다해야 만날 수 있는 날. 그래서 그 소중한 날을 교실에서도 의미 있게 축하해주고 싶은 마음을 담아 다음과 같이 학급생일파티를 운영하고 있다.

1. 하트 건조 미역 선물(동료 교사 S에게 얻은 아이디어, 학급 재적수만큼 미리 주문해 둔다.)
2. 생일 어깨띠 2~3개(친구 J의 딸 생일파티 사진에서 얻은 아이디어, Birthday boy, Birthday girl, It's my birthday 같은 문구가 적혀 있다.)
3. 옥이샘 생일책 자료와 편지지(열심히 인터넷을 뒤져 찾은 소중한 자료. 옥이샘, 감사합니다.)

오늘 하루는 내가 주인공!
3년 전 구매한 생일 어깨띠는 아직도 잘 사용하고 있다.

파티는 생일 당일 이루어진다. 아침 활동 시간 또는 재량
활동 시간을 활용한다. 생일 당사자는 생일 어깨띠를 하고
교실 앞에 따로 마련된 책상에 앉는다. 학급 친구들은 다 같
이 생일 축하 노래를 불러준다. 그리고 생일 당사자는 생일
을 맞아 부모님께 감사 편지를 쓰고, 나머지 아이들은 생일
당사자에게 생일 축하 편지와 칭찬 샤워를 써 준다.

생일 축하 편지도 글쓰기의 일종으로 시간이 지날수록 친

구에게 관심을 기울이며 좀 더 정성스럽게 생일을 축하해주는 성장을 보인다. 또한 교사인 내 눈에는 보이지 않던 아이들의 장점도 알 수 있게 된다. 아이들은 친구의 좋은 점을 교사보다 더 구체적으로 잘 찾아내고 표현해주는 능력이 있다.

저학년의 경우,

"소예야, 너는 뭘 잘 빌려줘서 좋아. 생일 축하해!"

"지후야, 넌 유재석처럼 말을 잘해. 잘 생겼어. 생일 축하해."

"가은아, 생일 축하해. 넌 종이접기를 잘해. 너 오늘 귀여워."

"우진아, 진심으로 생일 축하해. 항상 우리 반을 웃게 해줘서 고마워."

"승기야, 넌 방탄2를 해도 되겠다. 춤을 잘 추게 생겼어."

학급에서 가장 내성적인 아이의 생일날이 되었다. 또래 사이에서 눈에 띌 만한 장점이 없었는데 친구들이 편지를 제대로 못 써줘서 이 아이가 상처를 받으면 어떡하지? 생일 당사자에 대해 나머지 아이들이 칭찬 샤워를 잘할 수 있을까 걱

정이 된 하루였다. 그런데,

"너는 우리 반에서 제일 귀여워."
"노란 머리가 잘 어울려."
"너, 태권도 학원에서 림보를 잘하더라. 대단해."
"발표할 때 작은 목소리는 조금만 더 노력하면 돼."라는 응
원까지.

잠깐이나마 걱정했던 순간이 미안해질 정도로 친구의 장
점을 잘 찾아 칭찬해 주는 근사한 우리 반이 되어가고 있었
다. 아이들의 생일 축하 편지지는 한데 묶여 한 권의 생일책
이 되고, 칠판에 적힌 칭찬 샤워는 생일 당사자가 하나씩 확
인하며 마음에 담는 시간을 갖는다. 칠판에 칭찬 샤워를 적
는 활동은 지난해부터 추가한 부분으로 허승환, 나승빈 선생
님의 『승승장구 학급경영』에서 힌트를 얻었다. 친구들과 생
일 축하 장면 1장, 칠판의 칭찬 샤워 장면 1장은 사진으로 남
겨 가정에 보내드린다. 생일 당사자는 내게 받은 하트 건조
미역과 감사 편지를 부모님께 선물한다.

코로나로 인해 지난 몇 년간 친구들과의 개인적인 생일파티가 어려운 환경이었다. 그래서 이렇게 학교에서나마 친구들의 생일 축하를 받게 돼서 기쁘다는 학부모님들의 답장을 받을 때가 많았다.

"세상에 ㅜㅜ 선생님, 진짜 너무 멋지신 거 아니에요. 진짜 상상도 못 했어요. 선생님 최고예요!! 너무 감사합니다. 진짜 하트 뿅뿅~~♡♡♡♡♡♡♡ 좋은 저녁 되세效!!"

작년에 받은 가장 격한 반응이다. 하하. 교사도 '사람'인지라 이런 피드백을 받으면 신이 날 수밖에 없다. 우리 아이의 생일을 알고 계셨다며, 그 부분부터 감동하는 학부모님도 계셨다. 서로의 신뢰가 쌓이는 순간이다. 우리 아이에게 애정이 있는 담임 교사를 마다할 학부모는 세상에 없다.

학부모와 교사 간의 신뢰는 아이가 1년 동안 안정적인 학교생활을 보내는 데 큰 역할을 한다. 어느 시집에서 "불신은 불씨처럼 혹 타오르지만, 신뢰는 나무를 심는 것과 같다."라는 구절을 본 적이 있다. 세상에 하나뿐인 소중한 내 아이의 학교생활이 부모의 눈앞에 바로 보이지 않기에 학교와 가정 간의 불신은 언제든 싹트기 좋은 환경에 놓여 있다. 그래서 여러 가지 학급경영으로 조금씩 그리고 탄탄히, 가정과 신뢰를 쌓아가려고 노력하는 편이다.

고학년의 경우, 처음에는 학급생일파티 자체를 조금 어색해하기도 한다. 칭찬의 말을 대놓고 해보는 경험이 자주 없었기에 더욱 쑥스러워한다.

"선생님, 예지는 그림을 너무 잘 그려서 짜증 나요."

미술 실력이 좋은 친구를 보며 칭찬이랍시고 던지는 말이 이런 식이기 때문이다.

하지만 여기서 포기할 수 없다.

학급 생일파티에 약간의 거부반응을 일으키는 아이들에게는 그들의 엄마에 빙의되어 일장 연설에 들어간다.

"너희들, 열 달간 아이를 뱃속에 품고 있는 게 얼마나 힘든 일인지 아니?"부터 시작해서,

"한 생명이 태어나는 이날이 얼마나 역사적인 날인지, 그 날로부터 오늘까지 이렇게 건강하게 잘 자라 온 것이 얼마나 축복받아야 하는 일인지, 선생님은 직접 경험해 봐서 알아. 그래서 이렇게 귀한 하루를 꼭 축하해주고 싶은 거란다."

이렇게 조금 강하게 밀어붙여 보낸 한 해, 그 결과는 늘 아름답다. 1년간 30여 명 친구의 생일을 맞아 그날 하루만큼은 생일 주인공에 대해 진지하게 생각해 보는 시간을 가지고 진심으로 축하의 말을 전한다. 그러다 보면 자연스럽게 타인의 생명에 대해 존중의 마음을 갖게 되고, 이는 우리 반이라는 공동체를 더 탄탄하게 만들어주는 힘이 되어 준다.

'나'에 대한 칭찬의 말로 가득 적힌 칠판을 가져보는 경험도 색다르고 행복했다는 아이들의 소감이 있었다. 대놓고 하는 칭찬이 조금 어색했던 것이지 칭찬이 싫은 아이는 없었던 것이다.

생일이 방학 중인 친구들은 그 전에 미리 당겨서 생일파티를 해준다. 생일 편지의 질이 떨어지지 않도록 하루에 한두 명 정도로 나누어 생일파티를 진행한다. 모두의 생일파티가 종료되면 반에서 야무진 아이 하나가 꼭 선생님의 생일을 언급한다. 내 생일 역시 겨울방학 중에 있기 때문이다. 굳이 안 해줘도 되는데 기어이 나의 생일파티를 해주는 아이들.

늘 아이들을 위해 준비해 주던 자리에 거꾸로 내가 앉으니 뭔가 뭉클하다. 칠판 앞에 나온 나에게 생일 어깨띠를 매주고 생일책도 만들어주며 칠판에 칭찬 샤워를 써 주는 제자들. 쑥스러우면서도 주인공이 된 듯한 기분 좋음. 훗! 너희들 이런 기분이었구나.

쉬는 시간, 아이들이 묶어준 생일책을 읽어 보는 내게 채아가 다가와 말한다.

"선생님, 그거 읽으면 눈물 날걸요. 생일책이 이상하게 그래요. 읽으면 막 마음이 몽글몽글해져요."

"항상 멋진 제자로 만들어주셔서 감사합니다."

— 설아

"선생님은 제 열두 살 인생 최고의 선생님이에요."

— 강빈

"저는 앞으로도 선생님을 멋진 스승이라고 생각할 거예요."

— 연우

채아의 말이 사실이구나. 1년간 열심히 일한 보상을 아이들의 한 줄 문장에서 받게 될 줄이야.

너희들도 그랬으면 좋겠다.

앞으로 인생을 살아가다 가끔 힘들고 지칠 때 친구들이 애정 듬뿍 담아 만들어 준, 세상에 하나뿐인 소중한 생일책이 큰 포옹이 되어 주기를.

6. 당신의 마니또는 ○○○입니다

웅진 출판사 이벤트에 응모했더니 책이 한 권 왔다. 제1회 웅진주니어 그림책 공모전 입상작이라는 스티커가 붙어 있는 책으로 박지희의 『내가 보여?』.

표지에 아이 모습 하나가 구멍이 뚫려있어 궁금증을 유발하는 매력적인 책이었다.

투명 인간인 한 아이의 등장으로 이야기가 시작된다. 진짜 투명 인간이 아니라 학교에만 오면 자기는 투명하게 변한다고 생각하는 아이다. 그러다 친구들과의 관계 형성에서 조금씩 몸을 찾아간다.

이런 아이들이… 매해 교실에는 꼭 한둘 있다. 책을 다 읽어주고 나서 느낀 점을 자유롭게 발표했더니,

"저의 1학년 때 모습을 본 것 같습니다."라는 호준.

"우리 반 A가 생각납니다."라는 지우.

"A가 발표를 할 수 있도록 용기를 더 줘야겠습니다."라는 수민.

아이들도 이미 교실에서 어떤 친구가 책 속 주인공처럼 지내는지 알고 있었다. 개인적으로 조용한 성향의 아이가 있을 수는 있지만, 교실이라는 공간에서 늘 혼자 있고 싶은 사람은 없다. 하지만 친구 관계는 교사도, 부모도 개입이 어려운 것이 사실이다. 아이들은 누구나 자신의 가치관이나 취향을 고려하여 친구를 선택할 자유가 있다. 이러한 자율성을 침해하며 친구 간의 관계를 인위적으로 조작하려는 교사나 부모의 시도는 거부감이 들 수도 있다. 그리고 친구 관계는 겉으로 보이는 것보다 훨씬 복잡한 여러 가지 상황을 포함하고 있기에 외부에서 조절하기란 쉽지 않다.

그래도 친구 관계가 활발하지 않은 아이를 위해 교사로서 해줄 수 있는 부분이 뭐가 있을까 생각하다가 우리 반 B, C를 불렀다.

"선생님이 너희들에게 부탁할 게 하나 있는데, 우리 반 친구 중에 학교생활에 가장 소극적인 사람이 누굴까?"라고 물으니 A라는 대답이 바로 나온다.

"맞아, 그런데 A가 상담 설문 조사지에 친해지고 싶은 친구로 너희 둘의 이름을 썼더라. A가 친구에게 먼저 다가가는 걸 좀 힘들어하는 성향이니 너희들이 먼저 다가가 주는 건 어떨까? 무슨 얘기든 좋아. 안녕, 하고 이름을 부르며 아침 인사를 해준다거나 쉬는 시간에는 뭐해? 한 번 물어봐 주고, 책 읽고 있으면 무슨 책 봐? 이렇게 말 걸어주는 거. 하루에 두 번 정도 부탁해도 될까? 더 많이 해주면 더 좋고."

B, C는 특별한 임무를 수행 받은 것처럼 흔쾌히 고개를 끄덕였다. 같은 부탁을 반장, 부반장에게도 했다.

학교 일로 정신없는 와중 종종 아이들이 나를 일깨워준다.

"선생님, 저 오늘 A에 그림 그려달라고 부탁했어요."

"저는 미술동아리 같이 하자고 꼬셨어요."

"전 주말에 같이 아이스크림 먹으러 가기로 약속했어요."

너무너무 고맙다, 예쁜이들.

이렇게 교사의 의도가 담긴 방법 외에도 친구 간의 관계 형성에 도움이 되는 활동이 있다. 수호천사 혹은 비밀 친구라는 이름으로 1학년 통합 교과서에도 나오는 마니또 활동이다. 마니또 활동에 대한 체계는 성 선생님의 블로그에 있는 훌륭한 자료를 가져와 사용했다. 마니또 활동 서약서로 신뢰를 구축하고 마니또 소책자 활동으로 성실함을 더했다.

재작년에는 학급 마니또 활동에 군이 교사인 나까지 끼워준 아이들 덕분에 딱 30년 만에 마니또를 해보게 되었다.

누가 내 마니또가 될지 기분 좋은 두근거림의 시간은 잠시, 두둥! 마니또 쪽지를 뽑았다. 내일부터 나의 마니또에게 선생님인 걸 들키지 않고 비밀 친구 활동을 잘 해줘야 하는데 무얼 해줄지 신선한 고민이 시작됐다.

다음 날, 출근길 편의점에서 초콜릿바를 하나 샀다. 글씨체를 들키지 않기 위해 한글 스탬프로 콩콩 눌러 메모를 썼다. 아이들이 컴퓨터실로 전담 수업 가 있는 동안 살짝! 지승이 자리에 메모와 함께 초콜릿바를 올려놓았다. 혹시 누가 뒤늦게 교과서를 가지러 교실에 올까 봐 뒷문을 계속 흘끔거렸다. 하하. 이런 쫄깃한 떨림이 있구나.

지승아

안녕, 내가 니 마니또야.

즐거운 하루 보내.

－ 너의 마니또가

나의 마니또도 활동을 시작했다.

쉬는 시간 화장실을 다녀오니 의자 위에 작은 지퍼백이 놓여 있었다. 쌍화차 티백과 커피 사탕이 담겨 있는 것을 보고

'난 너희들에게 쌍화차를 연상시키는 나이구나.'라는 생각에 잠시 슬펐다가 그런데도 자기들 마니또 놀이에 나를 끼워준 걸 생각하면 고맙기도 했다.

마니또에게 보낼 두 번째 편지는 일곱 살 딸에게 대필을 시켰다. 음, 이 정도면 완벽해. 나인 것 눈치채지 못했겠지?

지승이에게

안녕, 네가 내 마니또여서 참 좋았어.

선물이 마음에 들었으면 좋겠다.

5월도 즐겁게 보내자.

－ 너의 마니또가

이번에는 편지와 함께 납작 솜사탕과 캐릭터 부채를 선물했다. 예정했던 2주일의 시간이 흐르고 추측하기 방법으로 각자의 마니또를 발표했다.

"○○○이 제 마니또 같습니다."

대부분 들킨 친구들이 많았지만, 철저히 비밀을 잘 숨긴 아이들도 있었다. 나 역시 정체를 잘 숨겼다고 생각했지만 눈치 빠른 아이들. 지승이 본인 포함 나머지 아이들마저도 교사인 내가 누구의 마니또인지 이미 다 알고 있었다.

한글 스탬프로 필체를 숨기는 치밀함을 보였음에도 불구하고, 너무 쉽게 정체가 들통났다. 음, 원인이 뭘까?

반면 눈치 없는 나는 내게 쌍화차를 투척한 마니또가 당연히 서유일 거라 예상했는데 의외의 다른 남학생이 내 마니또였다. 아, 이 반전 매력. 이래서 우리 반 아이들이 그리도 마니또 활동을 좋아하는 건가.

2주간의 짧은 시간이라도 한 명의 친구를 집중해서 관찰하고 배려하는 경험은 타인에 대한 이해심을 길러 주고 공감 능력을 높여준다. 반대로 친구에게 존중받고 배려받은 경험 역시 자기 자신을 긍정적으로 인식하고 교우관계에 자신감을 갖는 데 도움이 될 것이다.

친구 몰래 서랍에 편지를 던지듯 넣고 유유히 그 자리를 떠나던 모습, 자신이 준 쪽지와 선물에 대한 마니또의 반응을 멀리서 지켜보며 흐뭇해하던 모습, 자신의 존재를 들킬까 조마조마하며 친구 주위를 서성이던 귀여운 모습, 친구가 먼저 하교하기를 기다렸다가 자리 청소를 해주고 뒤늦게 교실을 나서는 따뜻한 뒷모습까지 여러 풍경이 한동안 기억에 남을 것 같다.

나 역시 2주 동안 나의 수호천사가 우리 교실, 나와 같은 공간에 존재한다는 사실만으로도 왠지 모를 따스함이 느껴진 시간이었다. 고마웠어, 나의 마니또.

7. 선생님과의 데이트

교사가 아닌 일반인(?) 친구에게 학교 이야기를 할 때가 있다. 우리 반에서 시행하고 있는 보상 제도 중 혜택으로 선생님과 점심 데이트가 있다고 했더니,

"그게 혜택이야? 벌이 아니고?"

라는 충격적인 반응을 들었다.

'아이들은 선생님을 좋아한다.'라는 전제하에 만들어진 이 혜택은 철저히 내 기준에서 비롯된 것이었다.

그렇구나. 이게 혜택이 아니라 벌일 수도 있구나, 를 처음 깨닫고서 그 후 보상 제도의 혜택에서는 제외했지만, 저학년은 대개 선생님과 단둘이 무언가를 하는 것을 좋아하는 편이었고 학생 개별 상담은 이런 식의 이름을 붙여 시행하고 있다.

'선생님과 점심 산책' 또는 '선생님과 모닝 데이트'

솔직히 저학년은 특별히 상담 시간이 필요하지 않다. 따로 묻지 않아도 매일 교사에게 자신의 모든 일상을 종알거리는 연령대의 아이들이기에 수시로 상담이 이루어지는 편이다.

고학년의 경우는 잠깐이라도 따로 시간을 내서 상담하는 것이 필요하다. 그런데 고학년 아이들에게 선생님과 돌아가며 짧게 10분씩 데이트를 하자고 제안하면 반응이 심각하다.

"네에?", "선생님이랑 단둘이요?", "아니요~ 괜찮아요.", "어, 부담돼요.", "됐어요. 엄마랑 단둘이 얘기하는 것도 어색한데."

저학년과 차원이 다른 신랄한 거부반응에 처음에는 살짝 상처도 받았다.

그래도… 음, 해야지. 생명 존중 교육 주간도 돌아오고 혹시나 친구들 앞에서 얘기하기는 어렵지만, 선생님에게만 털어놓고 싶은 이야기가 있을 수도 있으니 말이다.

아침 활동 시간 또는 급식 후 5교시 수업 시작 전의 틈을 이용하기로 했다.

분명 시작할 때는 되게 어색해 놓고는 막상 선생님과 단둘이 학교 주변을 걸으며 이야기를 나누면 좋은가 보다.

"선생님, 벌써 끝이에요? 또 하고 싶어요."

첫 번째 데이트 짝꿍의 반응이었다.

개별 상담의 공통 질문은 다음과 같다.

O학년이 된 느낌 / 친한 친구 / 친해지고 싶은 친구 / 좋아하는(싫어하는) 과목과 이유 / 다니는 학원 / 꿈꾸는 미래 / 요즘 고민거리 또는 힘든 일 등.

오늘 점심시간, 우산 쓰고 함께 빗속을 걸었던 예원이도 교실로 돌아와 단짝에게

"야, 너무 재미있어~"

많은 아이가 함께 생활하는 교실이기에 이렇게 교사와 단둘이 얘기를 나누는 시간은 특별히 사랑받는 느낌을 줄 수도 있다. 나 역시 더 높은 수강료를 내면서도 그룹이 아닌 1:1 필라테스를 몇 달째 받는 이유는, 누군가 나만을 지켜봐 주고 온전히 나를 위해주는 그 시간에서 큰 위로를 받기 때문인

것 같다.

출근 후 아침 시간 10분은 간단한 업무 하나를 해결할 수 있는 시간이고, 점심 식사 후 10분은 잠시 의자에 앉아 커피 믹스를 한잔할 수도 있는 시간이기에 시작할 때는 조금 부담이기도 했다. 솔직히 괜히 시작했나 잠깐 후회한 순간도 있었다. 그런데 이틀이 딱 지나니 앞으로의 상담 시간이 마구 기대가 된다. 온전히 한 아이의 이야기를 듣는 이 짧은 10분이 아이와 나의 관계 형성에도, 앞으로 아이의 학교생활에도 크나큰 영향을 줄 것이라 믿게 되었기 때문이다. 물론 긍정적인 방향으로 말이다.

1학기에 이런 식으로 개인 상담 형태를 택할 경우, 2학기에는 집단 상담 형태로 바꾸어 본다. 뭐 거창하게 특별한 것은 없다. 상담 시간은 아침 활동 시간과 점심시간으로 1학기와 같다. 함께 학교 주변을 산책하며 이야기하는 방식으로 나도 업무 및 수업 준비에 크게 지장 없는 선에서 진행한다. 그룹은 상담 전 실시한 설문 조사 중 한 가지 항목을 골라 대답이 비슷한 친구들로 묶는다.

첫 번째 팀은 행복 지수 최하위 팀이다.

'요즘 생활의 즐거움 정도를 숫자로 나타낸다면?' 항목에서 수치가 가장 낮은 아이들 셋을 묶었다.

내가 지향하는 최우선 공동체 가치가 '행복'이기에, 충격적인 수치 0을 포함한 세 명의 아이들을 첫 번째 팀으로 짜서 만났다. 팀이 된 이유를 알려주니 서로의 이야기를 조심스럽게 꺼내놓았다. 요즘 생활의 행복 지수가 낮은 이유는 각자 다 달랐다.

가족 관계에서 심리적인 영향을 많이 받는 성향의 A, 친구 관계가 학교생활에 큰 영향을 미치는 B, 자신이 우울한 이유를 모르겠다는 C.

교사가 학생들의 모든 일을 다 해결해 줄 수는 없어도 현재 학생들의 심리 상태를 아는 것과 모르는 것은 다르다. 첫 번째 상담 그룹으로 묶인 아이들은 서로 친밀한 사이는 아니었지만, 나의 낮은 행복 지수가 다른 누군가와 연결고리가 있다는 것을 알고서 작은 위로를 받았다. 이는 학부모 상담 시 나눌 깊이 있는 자료가 되어 주기도 한다.

두 번째 팀은 다음 두 문장의 빈칸 채우기 답이 비슷한 아이들로 묶었다.

'나는 ___사람이다. 나는 ___때 가장 즐겁다.'

세 명의 아이들과 함께 학교를 산책하며 너희들 셋의 공통점이 무엇일지 추측해보라고 질문을 던졌다.

다양한 의견 속 정답은 '나는 평범한 사람이다. 나는 놀 때 가장 즐겁다.'라고 알려주니 아~ 하며 싱긋 웃는다. 주머니에 챙겨온 초콜릿을 하나씩 나눠주니 더 달콤해진 얼굴로 여러 가지 이야기가 오고 갔다. 남자 셋으로 이루어져 그런지 스무 살이 되었을 때 자신의 모습 상상하기 문항에 '군대'를 모두 적어놓은 공통점도 있었고, 누나, 형, 외동 이렇게 각기 다른 형제를 가진 부분에 관해서도 이야기가 이어졌다. 평소 조용한 편인 한 아이가 친구들과 수다스럽게 이야기를 나누는 모습에 나는 속으로 조금 놀라기도 했다.

다수의 아이가 함께 생활하는 학교는 특히나 더, 내향적인 아이들이 자신을 드러내지 못하는 경우가 많다. 외향적인 아이들의 큰 목소리에 가려지기 쉬운 나머지 아이들의 이야기까지 선명하게 들을 수 있는 귀한 시간은 지금도 소중히 이어가고 있다.

이토록 아이들이 반짝이는 순간

3장

무럭무럭, 성장의 교실

1. 엉덩이로 책 읽기 대회

어제 미술 시간, 가장 좋아하는 책을 읽고 있는 내 모습 만들기 활동을 했다. 올해 내가 읽어주며 소개한 책들이 많이 보여 뿌듯했다. 책을 좋아하는 교사로서 아이들에게 시기적절한 책들을 자주 보여주려 노력했고 학급문고에도 공들여 고른 양질의 책들만 꽂아두려 애썼다.

나와 함께하는 올해, 아이들이 책 읽는 즐거움을 꼭 느꼈으면 하는 마음으로 또 다른 분주한 준비를 시작한다.

오늘 1교시는 실과 전담 수업이다.

아이들이 컴퓨터실로 실과 수업을 가 있는 동안 넓은 교사용 보조 책상 위에 30여 개의 컵라면으로 거대한 피라미드를 쌓았다. 칠판에는 정성껏 대회 제목을 썼다.

'10월의 어느 멋진 날, 엉덩이로 책 읽기 대회'

독서와 컵라면의 환상적인 콜라보.

이 대회 아이디어는 군산 한길문고에서 상주 작가로 일하는 배지영의 『환상의 동네서점』이라는 책에서 얻었다. 작가님은 한길문고 페이스북과 인스타그램을 통해 스무 명의 참가자를 받고 서점에서 한 시간 동안 엉덩이를 떼지 않고 책을 읽는 대회를 열었다. 대회를 성공적으로 마친 아이들에게 최저시급에 해당하는 금액의 한길문고 도서·문구 상품

권을 시상하고 바로 사용할 수 있게 했다는 재미있는 에피소드였다.

"타이머는 재깍재깍 돌아갔다. 순식간에 고요해진 대회 장소(한길문고 카페)에는 어떤 힘이 감돌았다. 서점에 온 사람들은 아이들을 보고는 숨소리와 발소리의 볼륨부터 줄였다."

간단한 방법이었지만 너무 매력적이었고 바로 우리 교실로 가져왔다. 좋은 건 금세 잘 따라 하는 타입이다.

대회는 4교시 국어 시간을 할애하기로 했다. 2~3교시 미술 시간에는 가을에 어울리는 독서 모빌 만들기를 했고, 완성한 모빌을 자신의 책상 및 주변에 장식하여 자연스레 책 읽는 분위기를 조성했다.

드디어 국어 시간.

규칙 1. 한 시간 동안 엉덩이를 떼지 않고 책을 읽을 것.

규칙 2. 어쩔 수 없는 기침, 방귀 등의 생리현상 외에 친구들의 독서를 방해하는 소리를 내지 않을 것.

교실 TV 모니터엔 큰 타이머가 돌아가기 시작했고, 아이들은 미리 준비해 온 책을 읽기 시작했다. 매일 아침 활동 시간, 20분 책 읽기도 늘 지루해하던 민규는 눈앞의 컵라면 피라미드를 한 번 쳐다보더니 비장하게 읊조렸다.

"내 기필코 저 컵라면을 타고 말겠어!"

눈에 불꽃을 켰으나 60분은 생각보다 길었다. 늘 여러 명의 오디오가 물리는 교실이었기에 나 역시 익숙하지 않은 적막이었다. 한 권의 책을 꾸준히 보는 아이, 여러 권의 얇은 책을 돌려 보는 아이, 계속 터져 나오는 하품을 참지 못하고 손으로 막아보는 아이, 시시각각 주변을 둘러보며 분위기를 살피는 아이 등등. 다양한 모습 속 조금씩 시간이 흐르자 교실 속 고요함이 편안하게 느껴진다. 몰입의 순간이다.

박영숙 도서관장님은 느티나무도서관의 15년 이야기를 담은 책 『꿈꿀 권리』에서 "책은 삶의 길목마다 멈춤의 여백을 열어주는 열쇠다. 숨 가쁘게 쫓기던 일상에 성찰과 사유의 시간을 연다."라고 말씀하셨다.

하교 후 교사보다 더 바쁜 스케줄의 아이들이 잠시나마 멈

추어 자신과 대화하는 시간을 가지기를 바라며 책 속에 빠진 아이들의 모습을 하나하나 정성껏 눈에 담았다.

타이머의 마지막 10초 카운트를 모두 숨죽여 지켜본 뒤, 타이머 종료 알람과 함께 절로 터져 나온 자축의 박수.

"우와~ 우리 진짜 대단하다."

서로를 칭찬하며 참가자 전원 기분 좋게 컵라면을 하나씩 받았다.

싱글벙글하면서도 자꾸 책 가지고 뭔가 일을 꾸미는 담임을 빤히 바라보던 현도.

"선생님, 이러다 우리 다 책벌레 되겠어요."

"현도야, 책벌레가 그렇게 쉽게 되는 게 아니란다. 그리고 너희들 책벌레 되면 부모님들께서 진짜 좋아하실걸?"

친구들과 함께 재미난 방법으로 독서에 접근할 수 있는 아이디어를 주신 배지영 작가님께 깊은 감사의 마음을 전한다. 앞으로 '엉덩이로 책 읽기 대회'는 나의 교실 속 가을의 한 부분을 차지하며 아이들을 책의 세계로 한 발 더 가깝게 인도

할 것이다.

인스타그램에 오늘을 간단히 기록했다. 시간이 지나자 댓글이 달렸다. 본인 학급에서도 따라 해 봐야겠다는 후배의 댓글, 자기도 그 대회에 끼워달라는 친구의 댓글, 그 아래 어? 배지영 작가님?

뭐 이렇게 독자 친화적인 작가님이 계시다니!!!

> okbjy_highharbor 그 어렵다는 대회를 성공적으로 마치셨 네요.
>
> ddabit_sam 어머! 작가님 덕분에 열두 살과 어느 멋진 가을 날을 보냈습니다.
>
> okbjy_highharbor 200자 백일장 대회도 재밌을 거예요.
>
> ddabit_sam 안 그래도 그것도 찜해 두었습니다.:)

이러다 현도는 진짜 책벌레가 될 수도 있겠다.

내가 올해 한 일 중 가장 근사한 일이 될 것만 같다.

2. 싸움의 기술, 잘하기보다 자라기

싸움을 싫어하는 성인이 되었다. 되도록 싸우지 않는 인생을 택했다. 그런데 직장에 가면 늘 싸우는 아이들이 있고 가정에도 늘 싸우는 남매가 있다. 친구의 추천으로 알게 된 정은혜의 『싸움의 기술』. 늘 싸우는 아이들에게 둘러싸여 살아야 하는, 싸움을 싫어하는 성인에게 뭔가 큰 깨달음을 줄 것만 같은 책이다. 책 표지에 적힌 두 문장만으로도 일단 뇌가 번쩍! 반응했다.

"우리는 친구와 사이좋게 지내라고만 배웠지. 어떻게 잘 싸울 수 있는지는 배우지 못했다."

나 역시 그랬다. 학교에서 만나는 아이들에게 늘 친구들과 사이좋게 지내라고 말했다. 아들에게도 "야! 동생이랑 그만 좀 싸워~!"라고 소리칠 때가 많았지. 반성하며 책을 읽기 시작했다. 소파 옆자리에 와 자기 책을 읽는 아들에게 책 표지를 보여줬다.

"엄마가 이 책 읽고 나서 네가 동생이랑 잘 싸우는 방법을 알려줄게."

책의 마지막 장을 덮은 지금, 딱히 아들이 여동생과의 싸움에 적용할 만한 비법을 찾지는 못했다. 화를 표현하되 화에너지를 표출(소리 지르기, 물건 던지기 등)할 필요는 없다는 것 정도는 알려주고 싶은데 실천하기 쉽지 않겠지. 나도 화가 나면 소리부터 지르게 되니 말이다.

그래도 싸움의 본질에 관한 중요한 깨달음을 얻었다. 하루에도 백번씩 싸우는 우리 집의 두 아이는 자신의 감정표현을 잘하고 있는 것이었고, 잘못된 건 그 모습을 지켜보는 엄마의 시선이라는 것을 알게 되었다. 언제나 동화처럼 다정한 남매 사이를 꿈꾸는 엄마의 시선.

교실 안에서도 마찬가지다. 서른 명에 가까운 아이들이 모여서 생활하는 공간에서 갈등이 전혀 없다면 그것도 정상적인 교실은 아니라고 생각한다. 아이들 간의 교류가 아예 불가능한 상태이거나 지나치게 엄격한 분위기 속에서 교사의 눈을 피해 다른 곳에서 은밀히(?) 사건들이 벌어지고 있을 수도 있다. 그렇다면 아이들은 어떻게 갈등 상황을 극복해야 할까?

2학년 1학기 국어 교과서에는 오은영의 「다툰 날」이라는 제목의 시가 나온다. 화자는 친구와 다툰 후 '다시는 노나봐라.' 하고는 씩씩 몇 걸음을 걷는다. 그렇게 혼자 자기 갈 길을 가나 싶을 즈음 뒤를 돌아보며 '어, 왜 나 다시 안 부르지?'라고 생각하면서 친구가 손 내밀어 주기를 바라는 모습이 그려져 있는 시이다.

보통 아이들의 다툼은 이렇다. 다시는 안 볼 것 같다가도 금세 언제 그랬냐는 듯 친구와 함께 놀고 싶어 한다. 갈등 상황을 잘 풀어내기만 하면 되는데 보통의 화해는 교사의 감시 하에 '미안해.'로 시작해서 '괜찮아.'로 끝난다.

곁에서 지켜보면 이런 의문이 든다.

'뭐가 미안한지 전혀 모르는 얼굴인데?'

'쟤는 전혀 괜찮지 않아 보이는데 왜 괜찮다고 하지?'

이럴 때 사용 가능한 마법의 아이스크림과 치료제가 있다. 바로 행감바와 인사약이다. 인터넷 교사 커뮤니티를 통해 알게 된 방법으로 간략히 소개해 본다.

행감바는 피해를 받은 상황에서 어떤 행동이 기분이 나빴는지, 그리고 앞으로 상대방이 내게 어떻게 했으면 좋겠는지 얘기하는 방법이다.

행 – 친구의 '행'동에 관해 이야기해요.

감 – 나의 '감'정에 관해 이야기해요.

바 – '바'라는 점을 이야기해요.

인사약은 피해를 준 입장에서 자신의 잘못이 무엇인지 인지하고, 앞으로의 약속까지 다짐하는 사과 방법이다.

인 – 나의 잘못을 '인'정해요.

사 – 진심을 담아 '사'과해요.

약 – 앞으로의 '약'속을 다짐해요.

예를 들어, "네가 자꾸 쓰레기를 발로 차서 내 자리로 보내면(행동), 내가 치울 게 많아져서 힘들고 짜증 나(감정). 앞으로는 자기 자리에 있는 쓰레기는 각자가 청소하면 좋겠어(바람)."라고 행감바 순서로 불편함을 표현한다.

상대방은 "내가 쓰레기를 너의 자리로 보내서(인정), 네가 기분이 나쁘고 힘들었구나. 정말 미안해(사과). 앞으로는 쓰레기를 네 자리로 보내지 않고 내 자리는 내가 잘 청소할게(약속)."라고 인사약 방법으로 사과를 한다.

쉬는 시간, 지난 주말에 놀이터에서 A가 희주에게 욕을 했다는 첩보가 들어왔다. 반 아이들에게 A와 희주의 갈등 상황을 알려주며 다 같이 행감바와 인사약을 연습해 보았다. 연습하면 할수록 교사도 크게 화내지 않고 갈등 상황에 얽힌 아이들을 대할 수 있어서 몇 년째 애용하고 있는 방법이다.

우리 집에도 하루에 백번씩 싸우는 아이 둘이 있다. 우리 반 아이들에게 알려준 것과 똑같은 방법으로 알려줬건만… '선생님'의 이야기가 아닌 '엄마'의 이야기는 씨알이 먹히지 않는다. 교사이자 엄마로서 슬픈 포인트다. 이런 비통함에 빠져 있던 저녁 7시경, 한 어린이 보호자께서 전화를 하시더니 대뜸 화를 내며 따지신다.

"아니 아이들끼리 장난치고 그럴 수도 있는 거지, 얼마나 혼을 냈으면 우리 아이가 울면서 집에 와요? 언니한테 그 얘기를 전해 듣고 내가 얼마나 놀랐는지 알아요?"

음… 우리 반 아이들은 감정이 상하는 일이 있으면 나에게 와서 그 상황을 이르기는 하지만 학기 초 배운 대로 행감바와 인사약으로 얘기할 수 있도록 훈련이 되어 있다. 그래서 오늘 감정이 상한 아이가 내 앞에서 이렇게 친구에게 얘기하며 행감바를 실천했다.

"네가 아까 내가 집에 가는데 뒤에서 잡고 못 가게 해서(행동) 기분이 나빴어(감정). 앞으로는 그러지 말아줘(바람)."

"내가 너를 잡아당겨서(인정) 미안해(사과). 앞으로는 안 그럴게(약속)."

상대 아이도 이렇게 인사약을 실천하며 사과를 잘하고 헤어졌는데 사과를 한 아이가 집으로 가며 울었던 것이다. 우리 반 30여 명의 아이는 이처럼 모두 같은 방식으로 사과하고 사과받는다고 말씀드렸다.

　그런데도

　"우리 애가 마음이 좀 여려요. 그런데 그 어린 것이 얼마나 상처를 받았는지 아세요? 별일도 아닌데 그거 좀 봐줄 수 있는 거 아니에요?"

　"……."

　나도 교사로서 일을 끝내고 퇴근하면 또 다른 생활이 시작된다. 저녁밥을 챙겨줘야 하는 두 아이가 있고 해결해야 하는 집안일도 있다. 24시간 내내 한 아이의 담임 교사로만 존재하는 건 아닌데 이런 식의 전화는 참 유쾌하지 못하다. 뭐라고 대답해야 하나 잠시 고민 중에,

　"선생님 화나신 건 아니죠? 그렇다고 우리 아이 미워하진 마세요."라는 말과 함께 통화가 뚝 끊겼다.

　나 화났나? 잠시 생각해 보았다. 화가 나진 않았다. 기분이 나쁠 뿐이다. 나는 어릴 적 편애하는 선생님이 가장 싫었는데 자기 아이를 편애해 달라는 건가. 아니면 자기 아이는 잘못해도 그냥 사랑으로 감싸 달라는 건가. 그것도 아니면 나하고 싸우자는 건가. 분명 싸움을 싫어하는 성인이 되었는

데, 싸울 상대가 많아지는 기분이다. 학부모와 잘 싸우는 마법의 아이스크림과 치료제는 어떤 것이 있을까?

+

3. '착한' 어린이는 사양입니다

나는 착하다는 말을 듣고 싶어 하던 아이였다. 착한 행동을 많이 했고 칭찬을 받으며 자라 교사가 되었다. 그래서 당연히 아이들은 착해야 한다고 생각했다. 착한 아이들을 예뻐했고 칭찬했다. 하지만 세상에는 착한 아이들만 존재하는 것은 아니었다. 그리고 세상 모든 아이가 착한 어린이를 꿈꾸는 것도 아니라는 사실을 알게 되었다. 어떻게? 아홉 살 아들을 통해서.

식사 후 남매에게 간식으로 젤리를 한 봉씩 주었다. 나도 하나 먹고 싶은 마음에,

"엄마도 좀 줘."

했더니 둘 다 싫단다. 삐진 척을 하니 초2 아들이 여섯 살

여동생을 보며 말한다.

"엄마한테 젤리 한 개 주면 착한 어린이, 두 개 주면 진짜 진짜 착한 어린이."

오빠 말이 끝나기가 무섭게 여섯 살 딸은 내게 젤리를 하나 내민다. 그런 여동생을 보며,

"윤이는 착한 어린이!"

그러고는 남은 젤리 한 봉을 홀랑 입에 털어 넣는 아들.

"뭐야, 너는 왜 엄마 하나도 안 줘?"

"나, 나는 그냥 어린이."

아! 그냥 어린이.

세상 모든 아이가 착한 어린이가 되기를 원하는 건 아니라는 사실을 부끄럽게도 처음 깨달은 순간이었다. 그럴 수도 있구나. 아니, 그냥 어린이로 살고 싶은 영혼들이 더 많을 수도 있겠구나. 아홉 살 아들을 통해 또 하나의 어린이 세상을 배운다. 착한 아이 콤플렉스가 가득한 엄마에게서 이런 아들이 나오다니 성공이다.

좋아하는 작가 로렌 차일드의 2021년 작품 중 『착해야 하나요?』라는 그림책이 있다. 착한 오빠 유진과 착하지 않은 여

동생 제시의 이야기이다. 유진은 어른들의 말을 잘 듣는 아이다. 누가 시키지 않아도 금요일마다 꼬박꼬박 토끼장을 청소하고, 싫어하는 브로콜리도 남김없이 먹는다. 그러면 부모님은 유진에게 착한 아이 배지를 달아준다.

반면, 제시는 굳이 착해지려고 애쓰지 않는다. 아무도 자기에게 착한 행동을 기대하지 않는다는 것을 알기에, 늦게까지 잠도 안 자고 텔레비전을 보며 마음대로 생활한다. 그 모습을 지켜본 유진은 무언가 불공평함을 깨닫는다. 착한 아이가 되어 봤자 좋을 게 하나도 없다는 생각이 들자 유진은 일탈을 시도한다. 유진도 제시처럼 토끼장 청소도 나 몰라라 하고 늦은 밤까지 시끄럽게 굴며 나쁜 아이가 되기로 마음을 먹었다.

그런데 유진의 기분이 마냥 좋지만은 않다. 답답해지기도 했다. 이 기분 뭐지? 고민하던 유진은 지저분해진 토끼장부터 청소를 시작했다. 그랬더니 기분이 한결 좋아졌다. 유진은 부모님께 착하다는 말을 들어서가 아니라, 토끼가 자유롭게 뛰어놀게 된 모습을 보며 기뻐했다.

외부에서 주입된 착한 아이라는 선입견은 아이가 스스로

자신이 무엇을 원하는지, 어떤 행동을 할 때 진짜 행복한지 알 수 없게 만든다. 반대로 나쁜 아이라는 낙인 역시, 세상이 자신에게 기대하는 게 없다는 인식으로 인해 올바른 행동을 강화할 기회를 얻지 못하게 된다. 어른들은 아이들이 각자 자신이 어떤 사람인지 알아가는 과정을 충분히 거칠 수 있도록 기회를 주고 지켜봐 줘야 하는 위치에 있음을 잊지 말아야 한다는 것을 깨닫게 해준 그림책이다.

얼마 전 그림책 속 오빠 유진의 마음을 대변해 주는 동시를 발견했다.

안진영은 시 「고백」에서 "착하다 착하다 자꾸 그러지 말라"고 한다. "위, 아래, 오른쪽, 왼쪽, 꽉 막힐 때도 있고 좋은 마음이 빠져나올 틈이 없을 때도 많으며 맨날맨날 착하기는 힘들다"고 말한다.

'착하다'라는 표현은 아무래도 삼가야겠다.
아이들의 이 같은 고백에 귀 기울이는 교사가 되어야지!

오늘 국어 시간에는 자신이 겪은 일 가운데 인상 깊었던 일로 글감 고르기를 했다. 기뻤던 일, 슬펐던 일보다 화났던 일에 대한 발표가 훨씬 활발했다.

"동생이 내 그림을 망쳐놨어요.", "동생이 내 장난감을 망가뜨렸어요.", "동생이 내 공책에 낙서했어요." 등등

대부분 동생에 대한 분노가 많았는데 마지막 발표자였던 상우는,

"놀이터에서 모르는 애가 내 동생을 놀려서 화가 났어요." 라고 말했다.

예전의 나라면 상우만 착한 아이라고 생각했을 것이다. 우리 집 아이들을 떠올리며 상우의 엄마를 부러워했을 것이다. 하지만 이제는 안다. 상우는 착한 아이, 나머지는 착하지 않은 아이가 아니라 상우는 누군가 동생을 놀리면 화가 나는 아이이고 나머지 아이들은 동생으로 인해 화가 난 적이 있는 아이들일 뿐이다.

아이들의 하루 생활 모습 및 학습한 내용을 기록하는 배움 공책에는 '내 마음을 전해요'라는 항목이 있다. 최근에 바빠서 며칠간 검사해 주지 못한 배움 공책을 찬찬히 넘겨 보다 그제 아리가 쓴 문장에 눈길이 갔다.

'오늘 호연이가 급식실에 물통을 놓고 가서 내가 호연이에게 다시 갖다주었다. 뿌듯하다.'

아리는 착한 아이라기보다, 친구가 실수로 놓고 간 물건을 갖다주며 뿌듯해하는 아이다. 교사에게 칭찬받기 위해 한 행동이 아니라, 남을 배려하는 행동이 주는 기분 좋음을 스스로 깨닫고 실천한 것이다.

그림책 한 권, 동시 한 편, 어린이가 쓴 한 문장에서도 배움이 일어난다. 어린이를 대하는 시선이 아름답게 확장되는 이 순간이 감사하다.

✦

4. 오해는 흔하고 이해는 귀하다

신규 교사 시절, 동 학년에 있던 선배님의 말씀 중 억울함에 대해 기억에 남는 이야기가 있다. 초등학생 시절 자신이 친구의 물건을 훔치지 않았는데 담임 교사에게 그 사건의 도둑으로 오해를 받아 격하게 분했던 경험이 있다고 하셨다. 그래서 선배님은 학기 초에 잃어버리면 안 될 만한 소중한 물건은 아예 학교에 가져오지 말라고 당부한다고 하셨다. 그리고 자신의 물건은 스스로 책임지고 관리해야 함을 강조한다고 하셨다. 사실이 아닌데 도둑으로 몰리는 것만큼 억울한 일은 세상에 또 없을 것이다. 그것도 반 친구들 앞에서라면.

"오해는 흔하고 이해는 희귀하다."는 이슬아(『우리 사이엔 오해가 있다』)의 명문장이 잠시 뇌리를 스친다.

학교 현장에서 오해는 낙인에서 시작될 때가 많다.

'늘 그러던 아이니깐 쟤가 그랬겠지.'라는 생각에 교사로서 상황을 객관적으로 보지 못할 때가, 나 역시 있었다.

경력 3년 차에 3학년 담임을 했다.

쉬는 시간, 나희가 내게 와서 도민이가 자기를 뒤에서 치고 도망갔다고 얘기하길래 바로 교실 뒤쪽에 서 있던 도민이를 호출했다.

"(잔뜩 근엄한 목소리로)거기, 이도민. 여기로 오세요!"

도민이를 불러 왜 나희를 치고 도망갔냐고 큰 소리로 물었더니 어리둥절한 표정이었다.

뒤에서 쭈뼛쭈뼛 따라오던 우현이가 자기가 나희에게 장난친 거라고 실토했다.

순간 도민이에게 너무 미안했는데 미안하다고 바로 사과하지 못했다. 교사로서의 몹쓸 권위 의식이었을까. 민망함을 들키지 않으려 표정을 굳힌 채 우현이에게만 얼른 나희에게 사과하라고 시켰다. 많이 부족한 선생이었다.

부끄러운 순간이 또 있다.

바로 다음 해 2학년 아이들을 맡았다. 1학년 때부터 학교

적응이 힘들다고 소문이 붙은 아이가 있었다.

첫 만남, 얼굴에서부터 장난기가 가득한 아이였다.

1학년만큼 손이 많이 갔던 2학년 아이들과 함께한 시간이 흘러 흘러 겨울이 되었다. 대부분 아이는 학교에서 지켜야 할 기본생활 습관이 바르게 잡혀갔지만, A는 여전히 교사의 안내에 잘 따르지 않았고 친구들과의 장난으로 교실 질서를 자주 무너뜨렸다. 학급 운영에 열의 가득했던 4년 차 교사로서, 1년이 다 가도록 내 말을 따르지 않는 아이가 우리 반에 있다는 사실에 은근 A가 밉기도 했다.

시린 손에 따뜻한 입김을 자주 불던 12월, 어느 쉬는 시간 오른쪽 발에는 실내화를 신고 왼쪽 발에는 양말만 신은 채 교실을 누비는 A의 모습이 눈에 띄었다.

"ㅇ.ㅇ.ㅇ. 이리 와!"

교실 바닥이 요즘처럼 매끄럽지 않던 시절이라 걱정과 짜증을 섞어 A에게 대뜸 소리를 질렀다.

"발 다치면 어쩌려고 이 겨울에 실내화를 한쪽만 신고 다니며 장난을 치니? 실내화 제대로 신고 와!"

교사의 화난 목소리에 늘 생글거리던 A의 얼굴이 금세 울음으로 차올랐다.

"연우가 실내화를 안 가져왔다고 해서… 한쪽 빌려줬어요."

아, 생각지도 못한 전개. 이를 어쩌지.

매년 아이들과 처음 만날 때 교사로서 하는 말이 있다.

"선생님은 여러분에 대해 아무것도 몰라요. 작년에 공부를 잘했는지 못했는지, 친구들과 다툼이 많았는지 적었는지, 담임선생님께 칭찬을 받던 학생인지 야단을 맞던 학생인지 전혀 모릅니다. 오늘부터 여러분이 보여주는 모습이 선생님이 아는 여러분이 될 거예요."

전년도 선생님들께 미리 듣는 아이들에 관한 정보는 선입견을 심어준다. 그래서 신규 교사 시절부터 아이들에 대한 낙인을 조심하자는 생각을 늘 해 왔는데 정작 마음속으로는 이렇게 쉽게 모범생과 문제아를 구분하고 대했던 것이다.

당연히 A가 실내화를 한쪽만 신고 장난을 친다고 생각했지, 발이 시린 친구에게 실내화 한 짝을 빌려줬으리라고는 생각지도 못했다. 규칙을 잘 따르지 않는 개구쟁이 모습에 A가 가진 친구를 생각하는 따뜻한 마음은 전혀 보지 못했던 선생이었다.

요즘도 가끔 교실에서 아이들이 벗어둔 실내화를 볼 때면, 양말만 신은 채 꼼지락거리는 아이들의 작은 발을 볼 때면 그때가 떠오른다. 겉으로는 공정한 교사를 표방했으나, 마음으로는 실천하지 못했던 저경력 교사 시절의 내 모습. '미안해.'라는 사과가 얼마나 어려운지 몸소 느꼈던 순간들.

어쩌다 보니 오늘의 교실 일기는 반성문이 되었다. 그래도 '반성'이란 모름지기 자기 개선의 출발점이자 미래에 대한 변화의 의지 아니겠는가. 조금 더 나은 미래를 꿈꾸며 오늘도 묵묵히 일상을 기록해 본다.

+

5. 새로운 도전, 새로운 성공

매년 겨울방학 전, 모든 교원은 각자 내년 희망 학년을 작성하고 제출한다. 하지만 근무하는 학교를 옮기는 해에는 희망서가 큰 의미가 없다. 기존의 교사들이 먼저 희망대로 배치되고 남은 자리에 꽂힐 확률이 높기 때문이다.

그해 1월 겨울방학 중 『열두 살 장래 희망』이란 책을 선물받아 읽게 되었다. 비밀을 잘 지키는 사람, 궁금한 건 꼭 물어보는 사람, 여행을 자주 다니는 사람, 취미가 여러 가지인 사람 등 아이들이 자신의 장점을 찾아 강화하는 이야기로 책이 구성되어 있어 신선했다. 진로 교육할 때 사용하면 좋은 책이겠네? 라고 생각하며 독서 노트에 메모해 두었다.

2월에 열린 교직원 회의, 5학년 담임에 내 이름이 박혀 나왔다. 1지망, 2지망에 희망한 학년은 아니었다. 한 후배가 "언니가 방학 중 그 책을 읽은 탓?"이라고 농담처럼 말했다. 그렇게 5학년 담임이 되던 해, 이 책과 함께 또 하나 운명처럼 만난 영상이 있다. TV 프로그램 〈유 퀴즈 온 더 블록〉에서 초등학교 교사 옥효진 선생님이 나오는 편을 보게 되었다. 학급을 하나의 나라로 명명하고 그에 필요한 헌법을 제정한 뒤, 화폐 제도를 도입하여 저축 상품도 판매하고 심지어 선생님 몸무게를 가지고 주식도 연습해 보는 학급경영의 새로운 세상이었다. 바로 학교 도서관에서 옥효진 선생님의 『세금 내는 아이들』 책을 빌려왔다. 우리 반에 적용할 수 있는 부분들만 간추렸다. 시간이 되는 사람은 읽어 보면 좋겠다고 5학년 우리 반 아이들에게도 책을 소개했다. 우리 반에 적용하겠다는 말은 하지 않았다. 아직 용기가 나지 않았다. 우리 반에 이 제도를 '도입'하고 '감당'할 용기가.

5학년 아이들이 수학보다 더 싫어하는 과목이 사회이다. 왜냐? 5학년 사회 교과 내용이 아이들의 흥미를 끌기에는 어려운 주제들로 이루어져 있기 때문이다. 1단원 우리 국토에 이어 2단원은 인권과 법이다. 각종 자료를 끌어모아 일말의 흥미라도 가질 수 있도록 노력하여 어렵사리 1단원 학습을 끝낸 지금, 이제 선택해야 한다. 2단원과 함께 들어가면 딱 좋을 학급 화폐 제도를 시행할 것인가 말 것인가. 두둥! 그래, 한 번 해보자. 너희들이 이를 통해 조금이라도 사회를 사랑해 준다면 내가 일을 벌인 가치가 있으리라.

영상을 보며 써 둔 메모와 독서 노트를 펼쳐보았다. 옥효진 선생님의 좋은 제도를 그대로 다 가져올 생각은 없다. 다른 선생님의 좋은 학급 운영을 전부 다 따라 하려다 뱁새 가랑이가 쭉쭉 찢어진다는 사실을 익히 잘 아는 경력이다. 일단은 내가 감당할 수 있을 정도로만 다시 간추렸다. 옥효진 선생님은 경제교육에 중점을 두고 운영하셨다면, 우리 반은 진로교육과 보상 제도의 기본 틀로 삼는 정도로 변형하여 활용하기로 했다. 먼저 학급 화폐로 사용할 플라스틱 카지노 칩을 주문했다. 500개의 카지노 칩과 함께 온 철제 007가방에서 앞으로 우리 반에서 펼쳐질 재미 가득한 수상함이 뿜어져 나왔다. 학급 회의 결과, '햇반' 이름과 어울리게 화폐 이름도 '햇'으로 정해졌다. 칩 색깔별로 1햇, 5햇, 10햇, 50햇, 100햇.

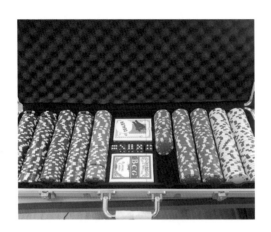

플라스틱 재질이라 오염과 훼손에 강한 장점이 있으며
색색의 컬러는 아이들의 눈길을 대번에 사로잡았다.

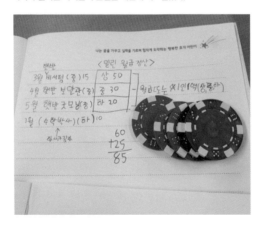

아무지게 밀린 월급을 정산하여 받고 출발했다.
학급 회의를 통해 불필요한 직업은 없애며 전반적인 정비도 이루어졌다.

헌법 제정도 일이 많고 벌금 제도 작성에도 손이 많이 갔다. 3~5월 학급직업의 보상 부분에 대해서도 회의가 이어졌다. 으악, 나 괜한 일을 벌인 건가, 라는 순간들도 있었지만, 6월 중순이 되자 어느 정도 틀이 잡혀갔다.

1. 우리 반 법 제정
2. 1인 1 역할을 학급직업으로 변경, 수정 보완
3. 학급직업의 노동 강도에 따라 상중하로 차등 급여 지급
4. 월급에서 일정 금액 세금으로 지불
5. 법을 어길 경우, 벌금 납부
6. 월급으로 살 수 있는 혜택 결정

그동안 1인 1역을 하지 못한 특수교육대상자 친구에게는 기본지원금 50햇을 주자는 아름다운 의견도 반영했다.

매달 15일은 '은행원장'이 가장 바쁜 월급날이다. 잔액과 통장 기록이 맞는지 확인하며 30여 명의 친구의 월급명세를 관리해야 한다. 벌금과 관련한 분쟁이 잦아 '판사'도 늘 바쁜 직업이지만, 다행히 햇반 1대 판사가 공정함과 지혜로움으로 똘똘 뭉친 아이라 교실 내 갈등을 순조롭게 해결해 갔다.

학급 화폐 제도 시행 후, 학급 회의에서 이와 관련된 안건이 자주 등장했다. 최근 경매와 벌금으로 월급을 거의 탕진하여 재정 상태가 좋지 못했던 A가 은행을 만들자는 제안을 했다. 저금하면 이자를 받고, 원금을 갚을 때 소정의 이자를 내면 대출도 가능한 은행. 아이들 스스로 운영 가능한 선에서 제도가 확장되어 가는 모습이었다. 또 무분별한 창업을 막고 질 좋은 창업을 확보하기 위해 창업 지킴이가 필요하다는 의견도 접수되어 반영하였다. 우리 반 최대 자산가 B의 성공 비결은 끊임없는 창업이다. 아이들의 적극적인 학급 운영에 감탄하는 순간이 잦은 한 해였다.

1년간 학급 화폐 제도를 운영한 후 마지막 날 간단한 설문조사를 했다. 학급 규칙을 자주 어겨 매일 벌금을 내야 했던 아이들도 있었다. 그 아이들의 소감이 특히 궁금했다.

분명 '1년간 너무 스트레스였다.' 등의 부정적인 반응이 나올 것으로 예상했고 그래도 어쩔 수 없는 부분이니 받아들여야지 했는데, '처음으로 법을 화폐로 제대로 즐겼다.', '사회생활을 미리 체험할 수 있었다.', '내가 점점 착해진 것 같아 기분이 좋았다.'라는 소감이 적혀 있어 다소 놀라며 마음을 쓸

어내렸다.

황선우 작가님의 인터뷰집 『멋있으면 다 언니』를 읽으며 인생은 '성공과 실패'가 아니라 '성공과 경험'이라는 말을 마음에 새겼던 적이 있다. 그래서 아이들에게도 어떤 경험이든 두려워하지 말고 새로운 일에 적극적으로 많이 도전해 보라고 말하는 교사였으나, 정작 나는 학급경영에 낯선 제도 도입을 두고 망설이고 걱정했던 순간이 떠올라 조금 부끄러웠다.

끊임없이 수정, 보완하며 창의적인 아이디어를 덧붙여준 아이들 덕분에 새로운 학급경영을 배우게 된 값진 시간이었다. 그래서 화폐 제도 도입 초창기에 든 나의 망설임과 두려움을 솔직히 고백하며 아이들에게 감사 인사를 전하기로 했다.

선생님도 20년 경력 중 학급에 화폐 제도를 도입한 건 올해가 처음이었어요.
그래서 잘할 수 있을까 걱정되기도 했고, 괜히 시작했다는 후회가 들면 어떡하지? 라는 두려움도 있었답니다.
하지만 역시 우리 햇반처럼 협조적이면서도 친구 간 배려를 잘하는 여러분이어서 이렇게 즐겁게 학급 화폐 제도 운영이

가능했다고 봐요.

여러분들과 함께한 새로운 경험 덕분에 선생님이 다음에 어느 학년을 만나도, 다시 잘 운영해 볼 수 있을 것 같아요. 선생님의 새로운 도전을 성공적인 경험으로 이끌어줘서 다들 고마워요!

✦

6. 3대가 덕을 쌓아야 만날 수 있는 담임

> 담임(擔任): [명사] 어떤 학급이나 학년 따위를 책임지고 맡
> 아봄. 또는 그런 사람.
> [유의어] 담임교사, 담임선생.
>
> — 출처: 네이버 국어사전

그 해 원치 않았던 저학년 담임이 되었다. 그나마 1학년을
피하고자 돌봄 업무까지 내 손들어 맡고서 차지한 게 2학년
담임이었다. 아들과 같은 학년이니 아들에게 조금이나마 도
움이 되겠지 싶었는데… 웬걸 아들 담임선생님께 매일매일
한 수를 배웠던 한 해였다.

3월 초, 정보가 많은 동네 친구가 아들 담임이 누군지 묻길

래 선생님 성함을 말했더니 한 줄 평이 돌아왔다.

'3대가 덕을 쌓아야 만날 수 있는 선생님'

와… 어떻게 하면 이런 어마어마한 수식어가 붙지? 나도 작년 1학년 엄마들한테 한 인기 했는데? 교사로서 쓸데없는 경쟁심과 질투가 스멀스멀 올라왔다.

학기가 시작되고 2주를 겪어보니, 인정.

그런 수식어가 괜히 붙는 게 아니구나.

일단, 아이들과 매일 한 가지 놀이를 해 주셨다. 교과 관련 이든 아니든 한 가지를 꼭 집어넣으셨다. 활동성 강한 저학 년 아이들에게 중요한 포인트다.

둘째, 하루 학교 수업 내용을 전부 알림장에 기재해 주셨 다. 1교시 수업 내용부터 마지막 수업까지. 그리고 교실 안의 아이들 활동사진도 자주 공유해 주셨다.

학교 내 아들의 동명이인으로 등하교 알림서비스에 문제 가 생겨 담임선생님과 전화 통화를 하게 되었다. 말씀도 참 예쁘게 하는 남자 선생님이셨다. 아들은 내가 출근하는 시간에 같이 집에서 나오므로 등하교 알림서비스에 등교가 감지되는 시간이 막 7시 57분, 늦어야 8시다. 어느 날은 아들이 교문에서 담임선생님을 만나 같이 교실에 들어갔다고 자랑을 했다. 아, 너무 죄송했다.

교사로서 너무 이른 시간 등교는 학생의 안전이 보장되지 않으니 삼가 달라고 학부모님들께 안내하면서, 정작 우리 집 아이는 이렇게 이른 시간에 등교를 시켰으니 말이다. 그래서 전화 통화를 하며 너무 일찍 등교를 시켜 죄송하다고 말씀드렸더니 흔쾌히 괜찮다고, 혼자 얌전히 책 잘 보고 있는 아이라고 말씀해 주셔서 얼마나 감사하던지. 통화에서도 아이들을 좋아하고 예뻐하는 마음을 느낄 수 있었다.

교외체험학습을 신청한 날엔, 아이와 좋은 추억 만들기를 바란다는 문자까지 보내주셨다. 그 바쁜 와중에 이런 챙김이라니. 학교 일에 꼼꼼한 편인 나도 이런 배려는 생각지도 못했던 터라, 약간 충격적이기도 했다.

교사 경력 20년이면 대충 감이 온다. 우리 아이 담임선생님이 아이들에게 진심인지 아닌지. 물론, 이런 빠른 촉이 슬플 때도 있다. 학부모들 앞에서 아무리 친절하게 행동하고 말해도, 아이들에 대한 애정이 1도 없는 교사임을 대번에 알아차릴 때도 있기 때문이다.

아들과 매일 서로의 2학년 생활에 관해 이야기를 주고받았다.

"후, 오늘은 뭐가 제일 재미있었어? 무슨 놀이 했어? 방과후 수업은? 급식은 어땠어? 엄마는 3일째 급식이 맛없었어. 그래서 맨날 저녁에 엄청나게 배고파. 그리고 엄마 반에는 아직 한글을 못 읽는 친구가 있어."

에?! 놀라는 얼굴로 "왜?"라고 묻는다.

"음… 한글이 조금 어렵나 봐. 차츰 알게 되겠지? 오늘 엄마는 『100층짜리 집』을 읽어줬는데 친구들이 무척 좋아하더라. 이제까지 읽어준 4권의 책 중에서 반응이 제일 좋았어. 그런데 다들 집에서 책을 잘 안 보나 봐. 이 책을 알고 있는 친구가 한 명도 없더라고." 했더니,

제 방으로 들어가 책을 하나 들고나온다.

엘리자베트 슈티메르트의 『우당탕탕, 할머니 귀가 커졌어요』

"이것도 재밌어. 친구들 읽어줘."

매주 월요일, 아들은 수업 종료 후 돌봄 교실에 있다가 농구 수업을 받으러 간다. 차에서 불편하게 책가방을 메고 있길래

"후~ 가방 벗어 밑에 내려놓지?" 했더니,

"이렇게 메고 있으면 학교 가는 것 같아 기분이 좋아."라는 놀라운 대답이 돌아왔다.

담임선생님께 감사하고 또 감사한 순간이었다.

자기 전 아들은 이렇게 재잘거리기도 했다.

"엄마, 우리 선생님은 학교 다닐 때 맨날 선생님께 혼나서 교실 뒤에서 손 들고 벌서던 아이였대."

이야기를 전하며 키득거리는 아들.

"오, 그래?"

오늘은 이런 이야기로 아이들에게 한발 다가간 선생님이 셨나보다. 아들의 담임선생님과의 경쟁은 애초에 접었다. 그냥 매일 감동하며 행복한 한 해를 보내기로 했다.

아들 반이 나보다 수업 진도가 빨라 아들의 담임선생님이 올려주신 수업 활동 내용을 보며 종종 우리 반 수업에 아이

디어로 가져와 쓰기도 했다. 선생님, 늦었지만 이 자리를 빌려 여러모로 감사의 인사를 전합니다. 덕분에 3대가 덕을 쌓은 집안이 되기도 했네요, 호호.

＋

7. 200일은 저희에게 맡겨주세요

　2002년부터 시작한 교직 생활, 그중 6학년 담임은 내 나이 스물일곱이던 해에 딱 한 번 해보았다. 6학년은 보통 많은 초등교사에게 기피 학년이다. 첫 근무지에서 4년을 보내고 두 번째 학교로 근무지를 옮기며 6학년 담임을 처음 해본다고 했더니, "너 교장 딸이냐?"라는 농담을 들었다. 보통 학년 선정에 선택권이 없는 신규 교사 신분의 첫 번째 학교에서 그만큼 학년 선정에 혜택을 본 게 아니냐는 뜻이다. 그건 아니었다. 보통 교사들이 선호하는 학년을 맡는 대신 방과 후, 사서 없는 도서관 등 기피하는 업무를 맡는 쪽을 택하던 나였다. 고학년과의 기 싸움에 자신이 없었기 때문이었다. 그런데 근무지를 옮겨 6학년 담임으로 배정된 해, 주어진 업무도 사서 없는 도서관이었다.

아, 이 학교 진짜 초면에 나한테 왜 이래? 신규 발령지에서 만나 친해진 선배를 찾아가 서러움을 토로했다. 진짜 더럽게 배려 없는 학교라고. 새로 온 사람이라고(으~ 텃세.), 젊다고 (20대가 죄냐?), 학년도 업무도 1도 배려 없이 이렇게 줬다고 투덜투덜 댔더니 되게 모범적인 선배 입에서 되게 야매스런 (?) 대답이 나왔다.

"그럼 너도 할 수 있는 만큼만 해. 너한테 학년과 업무를 그렇게 줬을 때는 학교도 큰 기대를 안 하는 거야."

응? 이렇게 간단한 일이라고?

첫 학교였지만 학급경영도 잘하고, 업무도 잘하고, 그래서 모두에게 예쁨받고 싶던 나였다. 그렇게 노력하는 내 모습을 몇 년간 지켜본 선배라, 원래 하던 스타일대로 간다면 나의 앞날이 굉장히 괴로우리라는 것을 예상하고 해준 깔끔한 조언이었다. 바뀐 낯선 환경에서 처음부터 모든 걸 다 잘해 낼 수 없을 테니 우선순위(학급)를 지키고 가면 된다는 선배의 한마디는 한 해를 보내는 데 큰 중심이 되어 주었다.

어느 학년을 맡더라도 근엄한 스타일로 아이들을 휘어잡

지 못하는 편이다. 아니, 휘어잡지 않는다고 해 두자. 당시 '아이들은 초장에 잡아야 한다.'가 대세인 학교 현장이었지만 나는 나의 스타일을 그대로 밀고 나갔으며 첫 학교에서의 학급경영은 나름 성공적이었다. 하지만 이번엔 6학년이다. 그 것도 처음 하는 6학년. 다들 기피하는 6학년. 눈빛에서부터 내가 질 것 같은 6학년.

2월 20일 월요일, 담당 학년 및 업무를 통보받은 후 나름의 준비태세를 취했다. 당시 6학년 사회는 모조리 역사 파트였으므로 재미있게 쓰인 한국사 책부터 사서 독파했다.

2월 26일 일요일, 6학년 담임을 했으며 나와 학급경영 스타일도 맞는 선배를 찾아가 1차 개인 연수를 받았다. 물론 다 아름다운 이야기는 아니었으나 알고 당하는 것과 모르고 당하는 것은 충격 흡수에 엄청난 차이가 있으므로, 그렇게 요즘 6학년 아이들의 실태에 대해 어느 정도 파악을 했다.

3월 4일 토요일, 나랑 동기이나 첫 학교에서 내리 4년간 6학년 담임만 멋지게 해 온 친구를 만나 2차 개인 연수를 받았다. 6학년 학급경영에 대한 비법을 대폭 전수받고 나니 마음이 한결 편해졌다. 그렇게 나는 생애 첫 6학년 담임이 되었다.

6학년 아이들과의 첫 만남. 첫날 숙제는 우리 반만의 이름을 생각해 오는 것이라 공지했다. 첫 학교에서는 저, 중학년 아이들을 만났기에 내가 정한 이름으로 한 해를 보냈다. '겉과 속이 모두 아름다운 우리가 되자.'라는 급훈을 줄여 이름하여 '아름우리반'.

안다. 6학년에게 이 이름을 내밀기에는 내가 봐도 너무 오그라드는 이름이라는 것을.

다음날이 되었다. 역시, 청출어람. 아직 가르친 것도 없는데 교사보다 뛰어난 아이들. 오늘부터 우리 반 이름은 6학년 3반과 더불어 새우깡 반이 되었다.

새. 새처럼 높게

우. 우주처럼 넓게

깡. 깡 있는 우리

물론 아이들도 인터넷 어디에선가 검색해 온 이름일 수도 있지만, 6학년에 어울리는 파이팅 넘치는 이름으로 내 마음에도 쏙 들었다. 아이들과 함께 힘차게 반 구호를 외치고 나니 나도 올해에 대한 두려움이 조금 사라지는 기분이었다.

다 큰 6학년인 것 같아도 우리 반만의 이름이 있다는 것에 열광했다. 그로 인해 선생님이 자신들을 특별하게 여긴다고 생각하는 것 같았다. 어쿠스틱 기타도 한몫했다. 어디에 내 놓기는 부끄러운 수준이지만, 우리 선생님은 이런 것도 한다 ~ 뭐 이런 느낌의 자랑거리랄까. 그리고 가끔 저학년에게 먹 히던 귀여운 율동을 알려주면 유치하다고 고개를 절레절레 흔들면서도 박장대소하며 따라 하는 아이들이었다.

자신들과 친하게, 잘, 지내보려고 하는 스물일곱 담임의 노력을 가상히 여겨준 것 같기도 하다. 그래서 큰 사고 없이 작은 사고도 없이 3월이 지나고 4월 강원도 용평으로 떠난 수련회 무대에서 아이들은 내게 이런 삼행시를 선물했다.

안, 안녕하세요?

나, 나에게는 너무 좋은 선생님

진, 진짜로 감사해요.

서로를 아끼고 좋아하며 그 마음을 스스럼없이 표현하던 우리. 내 마음을 알아주는 아이들과 함께하는 매일매일은 행 복으로 충만했다. 5월 어린이날에는 신규 시절부터 해 오던 포토카드와 책갈피를 선물했고, 6월에는 서프라이즈 100일 파티를 열었으며 다 같이 염색 물감으로 만든 반 티셔츠를 입고 체육 대회에 참가했다.

시간이 흘러 2학기가 시작되었고 9월 중순, 경주로 수학여행을 떠났다. ○○ 유스호스텔 도착.(아! 나도 초6 때 왔던 곳 같은 이 익숙한 낡음은 뭐지?)

교실에서 배정한 대로 아이들이 방에 들어가는 걸 확인한 후, 나도 후배 교사들과 교사 방으로 들어가 짐을 풀었다. 포항에선 30분이면 오는 경주를, 인천에서 그것도 버스로 40여 명의 아이와 함께한 여정의 피로는 엄청났다. 방에서 잠시 한숨을 돌리며 쉬고 있는데 우리 반 여자아이 하나가 방문을 다급하게 두드렸다.

무슨 일이지? 하고 문을 열었더니,

"선생님, A가 쓰러졌어요. 빨리 우리 방에 좀."

그런데 친한 친구가 쓰러진 것치곤 뭔가 숨기려는 웃음기가 얼굴에서 삐죽삐죽 새어 나왔다.

음? 뭐지? 고개를 갸웃하며 달려가 본 여학생 방.

문을 여니 남자아이들까지 좁은 방에 그득그득 모여 동그

랗게 원을 만든 상태로 노래를 부르기 시작했다.

"200일 축하합니다. 200일 축하합니다. 새우깡 반 200일
을~ 축하합니다."

아이들의 원 안에는 초코파이로 엉성하게 쌓아 만든 케이
크에 초가 빛나고 있었다.

와… 정말 생각지도 못한, 벅찬 순간이었다.

매해 아이들을 위해 열어 온 100일 파티였지만 아이들이
이렇게 답례로 내게 200일 파티를 열어준 건 처음이었다. 이
정도면 내년에도 또 6학년 담임 한 번 더 해볼 만한 거 아닌
가, 라는 생각이 들 즈음 사건이 터졌다.

바람에 초겨울 냄새가 묻어나던 11월 초, 학교에서 흡연과
관련한 사안이 발생했다. 이후 조사 결과, 각 반당 담배를 한
번이라도 피워본 적이 있는 아이가 대여섯 명씩 나왔다. 태
어나 처음 느끼는 엄청난 배신감이었다. 아니, 다른 반도 아
니고 우리 반, 새우깡 반 아이들이 담배를 피웠다고?

인정하고 싶지 않았지만, 눈앞에 나타난 사실이었다.

아이들과 일대일 상담을 했다. 대부분 친구와 같이 있다가 호기심에 한 번 피워본 것이라고 했다. 그래, 앞으로 다시는 안 하면 되니깐. 약속할 수 있지? 우리 반 B와의 마지막 상담. 아이의 얼굴을 보자 다시 치밀어 오른 속상함. 내가 그렇게 믿었던 너마저? 입을 떼기도 전에 두 눈에 그렁그렁 눈물이 먼저 맺혀버렸다. 아이가 움찔 놀랐다. 나도 놀랐다. 학생 앞에서 눈물이라니.

울음을 삼키며 마지막 상담을 마쳤다. 다음 날 B 어머님께서 학교로 전화를 하셨다.

"선생님, 우리 B가 선생님 울 거 같은 얼굴 보고 너무 죄송했다고. 다시는 담배 같은 거 손에 안 댈 거라고 하네요. 어제 그 얘기를 선생님께 직접 못 드렸다고 엄마가 대신 좀 전해 달라고 하더라고요. 정말 죄송합니다, 선생님."

이런 굵직한 사건 외에도 여자아이들과 벌여야 하는 미묘한 신경전, 친구들 관계에서 오는 수위 높은 갈등들이 많은 2학기였다. 그래서 졸업식 날 내가 그리 울었나 보다. 시원함과 섭섭함, 애틋함과 아쉬움 등의 감정들이 묘하게 엉켜서 눈물이 터졌고 몇 여자아이들이 날 따라 울기 시작하더니 울음바다가 된 우리 교실. 학부모님들은 요즘 시대에도 졸업식 날 이렇게 사제가 같이 울기도 하냐며 흐뭇하게 사진을 막 찍으셔서 더 당황스러웠던 졸업식 날. 그렇게 처음이자 마지막으로 해본 6학년 담임으로의 한 해가 막을 내렸다.

매년 3월이면 새로운 한 해가 열린다. 몇 학년 담임이 될까? 업무는 무엇을 맡게 될까? 기피 학년에 기피 업무를 엎쳐주는, 그런 예의 없는 학교만 아니기를 바란다. 그래도 어느 학년을 맡건 감동적이고 빛나는 순간을 선물해 주는 건 이처럼 늘 아이들이고, 그 누구보다 교사의 진심을 잘 알아주는 것도 바로 아이들이니, 내년에 새롭게 만나게 될 인연들을 잠깐 기대해 보는 밤이다.

작년 9월, 옛 추억이 떠올라 17년 만에 200일 파티를 다시 열어 보았다.

교사가 더 신난 200일 파티의 소문이 퍼지고 퍼져,
무려 교육장님께서 학교로 격려 전화를 주시기도 했다.

이토록 아이들이 반짝이는 순간

4장

토닥토닥, 모두의 교실

✦

1. 행복의 ㅎ을 모으는 일상

　출근길에 듣는 팟캐스트에 『좋아하는 걸 좋아하는 게 취미』의 저자 김신지 작가님이 나왔다. 몇 년 전 김하나 님의 카피라이터 쓰기 수업을 들으셨다는데 김하나 작가님이 진행하는 팟캐스트에 작가로 나오다니 성공한 덕후다. 배 아프게 부럽다.

　김신지 작가님은 스스로를 행복까지도 아니고, 행복의 ㅎ 정도를 모으는 사람이라고 칭했다. 물건이 아닌 '순간'을 모으는 '순간 수집가'라는 표현도 멋졌다. 'collect moments not thing.' 하루를 시들게 내버려두지 않는 사람이라는 말도 마음에 들었다. 자기 자신을 한껏 돌보는 자세가 여기저기에 촘촘히 박혀 있는 책이었다. 그래서 학교 주차장에 차를 대고 교실로 들어서기 전, 옛 친구에게 카톡으로 이 책을 선물했다. 친구도 오늘 하루를 시들게 내버려두지 않기를, 행복한 순간을 하나라도 더 수집하는 오늘이 되기를 바라는 마음을 담아서.

매해 12월 우리 교실 풍경.

친구에게 행복 한 아름을 예약 선물한 기분이 들어 콧노래가 절로 나왔다. 흥얼거리며 신관 1층의 우리 교실 2학년 2반으로 기분 좋게 가는 길, 앞서가던 1학년 남학생 둘의 대화가 들렸다.

"난 2학년 되면 2반이 되면 좋겠어."

아마도 12월을 맞아 크리스마스 장식을 해 둔 우리 교실 안이 마음에 들었나 보다.

예상치 못했던 남학생의 소원이 너무 예뻐 미소를 지으며 뒤따라가는데

"너는? 너는 몇 반 되고 싶어? 1반, 2반, 3반 중에?"

"나?"

"응!"

"음… 나는, 너랑 같은 반."

어머, 이 무슨 동화책 속 한 장면 같은 대화지?

내가 오늘 아침, 행복의 ㅎ을 모으는 순간 수집가에 관한 얘기를 들은 걸 알고서 누가 일부러 던져주는 듯한 반짝이는 순간이었다.

그러고 보니 얼마 전에도 있었다, 그런 순간.

지난주 창체 시간, 자신의 장래 희망에 대해 짧게 글로 표현하는 활동을 했다. 다양한 직업 중 A가 적은 장래 희망은 '2학년 선생님'이었다. 그냥 선생님도 아니고 2학년 선생님이라니, 내가 그렇게 좋았던 건가? 혼자만의 착각일지도 모르지만 크리스마스 선물을 받은 기분이었다.

그리고 오늘, 내가 꿈꾸는 미래의 모습 그리기 활동 시간이 있었다. 유튜버, 피아니스트, 수의사, 뮤지컬 배우 등 다양한 모습들이 스케치북 위에 펼쳐졌다. '2학년 선생님'은 어떻게 표현했을까, 라는 궁금증을 안고 도착한 A의 책상 앞, 뭔가 이상하다. 한 손에 팔레트를 들고 이젤에 올려진 캔버스에 그림을 그리고 있는 여자. 미술 시간을 표현한 건가? 마지막까지 미련의 끝을 부여잡아 봤지만, A의 작품 제목은 '화가'였다. 그렇지, 하루에 열두 번도 더 장래 희망이 바뀌는 아이들이지. 일주일 전의 다짐이 오늘까지 이어질 리가. 하핫. 그래도 괜찮다. 일주일 전 그 순간은 분명 행복의 ㅎ이었으니.

행복은 총량이 아니라 빈도라는 말이 있듯이 교실 속 아이들에게도 자주 행복의 순간을 선사하고 싶어 생각해 낸 작은 아이디어가 있다.

우리 반은 매달 새로운 짝과 새로운 자리에 앉는다. 다양한 친구들과 다양한 교실 속 자리(문 앞, 창가, 맨 뒷줄, 가운데, 맨 앞줄 등)를 골고루 경험해 보라는 의미이다. 매달 짝을 바꾸기 전, 한 달간 함께 앉은 내 짝에 대해 칭찬하는 시간을 가진다. 발표를 하고 나면 추억의 뽑기 판에서 뽑기를 한 판씩 하기로 했다. 뽑기 등수에 따라 달콤한 간식이 차등 지급된다. 타인을 칭찬하는 일은 이처럼 달짝지근한 행위라는 정적 강화 전략이 먹히기를 소박하게 바라는 마음이었다. 시간이 지날수록 아이들이 내 짝을 칭찬하는 이 시간을 좀 더 간절히 기다리는 것 외에도, 평소 학교생활 중 친구의 장점을 자연스럽게 언급하는 것을 보아 일단은 성공 아닐까 조심스레 추측해본다.

일회적인 이벤트처럼 보일지라도 어린이날 축하 파티, 생일파티, 만난 지 100일 기념 파티, 받아쓰기 급수제 쫑파티, 크리스마스 파티 등 우리 반만의 특별한 순간을 많이 갖는 것. 그 추억들이 차곡차곡 행복의 ㅎ들로 적립되어 아이들이 세상을 살아 나가는 데 따뜻한 토닥임이 되어 주리라 믿는다.

✦

2. 당신의 육아 점수는요!

　엄마가 되고 나니 학부모 상담이 예전처럼 부담스럽지는 않다. 차곡차곡 경력이 쌓이며 스타일 다른 아들딸 고루 두 명을 키워보니, 반 아이들과 2주 정도 같이 지내고 나면 어느 정도 성향 파악이 가능해진다. 학부모님들이 궁금해하는 발표력, 수업 태도, 교우관계, 급식 습관 등에 관한 이야기를 먼저 드리고 나면 대충의 궁금증이 충족되어 상담은 원활히 진행된다.

　학부모 입장일 경우, 질문거리를 미리 생각해 두면 좋다. 막상 담임과 상담을 하면 담임 얘기를 듣기만 하다 집에 와서 뒤늦게 궁금한 게 떠올라 후회하는 경우도 있으니 말이다.

　그 외 상담 전 준비해 두는 자료는 해당 아이의 배움 공책, 받아쓰기나 교과별 단원평가 점수, 학생 개별 설문 조사지,

친구와 큰 갈등을 빚거나 문제행동을 보인 날짜와 내용에 대한 기록물 정도이다.

1. 배움 공책 – 요즘 학교는 자제 제작한 학습플래너나 배움 공책을 제공하는 경우가 많다. 학교에서 제공하는 배움 공책이 없으면 따로 노트를 구매해서 아이들에게 선물하는 편이다. 최근 몇 년간 만족하며 사용 중인 공책은 티처몰의 '매일매일 배움 노트'이다. 저학년용의 경우, 하루 학습 내용을 정리하는 공간인 '이런 걸 공부했어요'와 '알림장' 기능을 갖고 있다. '내 마음을 전해요'와 '오늘 하루 나의 기분'란은 미처 생각하지 못했던 자녀의 마음(감정)을 들여다볼 수 있어 좋았다는 학부모님의 반응이 많았다. 나의 아이에 대해 새롭게 알게 된 부분들이 생겨서 좋다고 말씀하시는 분도 계셨다.
'오늘의 책 한 줄 느낌'은 아침 활동 시간에 작성하는 부분으로 부담스럽지 않은 독후 활동이자 매일 20분씩 꾸준한 독서 습관을 형성시켜 주는 역할을 톡톡히 하고 있다.
학부모 상담 시 나만큼이나 이 배움 공책을 좋아해 주

신 학부모님 한 분이 이렇게 말씀하셨다.

"선생님 덕분에 아이의 삶이 면면이 기록으로 남겨지고 있어요. 이 공책, 우리 아이 역사책 같아요!"

기억에 남는 기분 좋은 리뷰였다.

2. 학생 개별 설문 조사지 – 둘이서 북클럽 친구 H가 보내 준 자료로 중·고학년에 사용하기 적절했다.

- 현장 체험학습을 떠나면 누구랑 같은 모둠을 하고 싶은지?
- 내 생일파티에 초대하기 꺼려지는 친구는 누구인지?
- 고민이 있을 때 보통 누구와 어떻게 해결하는지?
- 요즘 생활의 즐거움 정도를 0에서 10까지의 숫자로 나타낸다면?
- 빈칸 채우기(나는 ___사람이다. 나는 ___때 가장 즐겁다/슬프다)

이런 식의 15개 문항으로 구성되어 있어 아이들의 교우관계나 스트레스 정도를 좀 더 깊이 있게 파악할 수 있고, 이는 학부모 상담 시 유용한 자료가 되어 준다.

올해 전화 상담 중 자녀의 국어 작문 실력을 궁금해하는 분이 계셨다. 꼼꼼하게 상담 준비를 했다고 생각한 나를 당황시킨 돌발질문이었다. 그래서 전화기를 내려놓고 아이의 자리로 달려가 국어책을 꺼내어 확인해 보며 말씀을 드렸다. 상담 전 준비로 학생의 국어 실력을 알 수 있는 자료(국어 교과서나 쓰기 활동지 등)도 추가해야겠다고 메모해 두었다.

상담 시 첫날 찍어준 아이들 사진의 칠판 포토존에 대해 언급한 분도 계셨다.

"선생님~ 완전 아트예요, 아트. 저 친구들한테 막 자랑했잖아요. 저희 남편이 저더러 담임선생님한테 홀딱 빠졌다고 막 놀려요."

이렇게 기운 나는 농담은 언제든 환영이다.

"우리 채은이가 그렇게 수다스러운 아이가 아닌데요. 5학년이 된 후 자기는 학교에 가면 스트레스가 풀린다고, 코로나 때문에 학교 못 가게 될까 봐 걱정된다고 해요. 우리 아이가 이런 얘기를 한 적이 처음이라 저도 놀랐어요. 올해 우리가 아이가 되게 행복하겠구나, 생각했어요. 감사드려요, 선생님."

이런 말씀에는 주책맞게 또르륵 눈물이 난다. 교사로서 내게 큰 응원이자 격려가 되는 말.

"선생님, 우리 서준이가 이렇게 눈을 반짝이며 얘기하는 걸 처음 봐요. 선생님이 기타 치며 노래를 알려주신 날, 2년간 쳐다보지도 않던 바이올린을 다시 찾더니 꺼내 달라고, 자기 연습할 거라고 하더라고요. 좋은 자극 너무 감사드려요."

대학교 때 배운 잡기 중 어쿠스틱 기타 연주는 학교 현장에서 가장 쓸모가 있다.
동요 반주 정도의 수준일지라도 아이들은 아이유를 바라보듯
교사를 쳐다봐 준다.

사회화의 기본은 모방임을 다시 한번 깨달으며, 올 한 해 동안 우리 반 아이들에게 나의 역량을 최대치로 끌어올려 다양한 모습을 보여줘야겠구나, 라는 생각이 든다. 그중 무엇 하나라도 아이의 마음에 임팩트 있게 들어간다면, 인생에서 한 번뿐인 ○학년 학교생활이 평생 기억에 남을 한 해가 될 테니 말이다. 많은 어린이 앞에 서는 어른의 한 사람으로서 기분 좋은 책임감이 막중해진다.

공포의 학부모 상담주간

많은 교사가 3월 일정 중 가장 힘들어하는 것이 바로 학부모 상담 주간이다. 짧은 기간에 엄청난 에너지와 시간이 소모되며 그와 함께 정서적, 정신적 공감 피로가 극대화되기 때문이다. 하지만 학부모들도 담임 교사와의 첫 상담에 부담을 느낀다는 것을, 학부모가 되고 나서 알았다.

첫째가 초등학교 1학년 때였다. 학부모 상담 주간이 시작되던 날, 아침부터 학부모 단톡방에 톡이 올라오기 시작했다.

"오늘 상담 시작이지요? 아침부터 너무 떨려요."

"선생님께서 전화 주시는 거겠지요? 저희가 해야 하나요?

무슨 얘기 해야 할까요?"

"우리 선생님은 아이들에 대해 직설적으로 다 얘기해 주신다고 하던데 벌써 걱정되네요."

아, 학부모의 입장에서는 또 이런 마음이구나.

솔직히 교사로서 학부모와 좋은 관계를 유지하는 방법은 아주 간단하다. 학부모에게 자녀에 대한 부정적인 이야기를 일절 안 하는 것이다. 자신의 아이를 무조건 잘한다고 칭찬만 할 경우, 싫어할 학부모는 한 명도 없다. 하지만 그건 교사의 책임을 제대로 다 하는 것이 아니라고 생각한다. '교실'이라는 공동체 생활 속에서는 집에서처럼 내 고집만 부릴 수는 없다. 남을 배려해야 하는 순간도 있고, 타인을 대함에 있어 고쳐야 할 부분을 가진 아이도 분명히 있다. 친구들을 대하는 행동이나 언어 사용에 수정이 필요한 아이들의 경우는, 조심스럽지만 말씀을 드린다. 무조건 덮어놓고 모두 잘한다고 얘기할 거라면 교사도 학부모도 모두 진 빠지는 이런 상담 기간은 불필요할 것이다.

학교는 아이들이 가장 먼저 만나는 작은 사회이다. 공동체 생활에서 나의 문제점을 직시할 수 있어야 제대로 된 성장도 가능하다. 그 부분을 회피한 채 잘못을 반복할 경우, 아이들이 가장 먼저 알아채고 그러한 친구를 멀리하거나 싫어하게 되는 시작점이 된다.

집과는 달리 30여 명의 아이들로 구성된 교실에서는 친구와 갈등을 겪는 일도 당연히 발생한다. 그런 과정을 거치며 아이들은 자기 조절 능력을 키우고, 타인과 관계하는 법을 배우게 된다. 교사는 그런 순간들을 방관하지 않고 그 아이들 곁에 서서 교육해야 한다.

'우리 아이를 혼내는 교사 = 나쁜 교사'라고 생각하는 학부모가 많아지면 교사는 교육에 손을 놓게 된다. 그리고 방관하게 될 것이다. 요즘 교육계가 격하게 흔들리고 있는 것처럼.

하지만 나도 두 아이를 키워 학교에 입학시키고 나서야 알게 되었다. 담임 교사와의 첫 상담 내용은 꼭 내가 그간 해온 육아에 대한 평가 같아서 너무 신랄한 표현은 삼간다. 세상 모든 엄마는 자기 자리에서 최선을 다하고 있음을 너무 잘 알고 있기 때문이다.

우리 반 아이들을 위해 생일파티든 100일 파티든 무언가를 열심히 준비하다 문득, 학부모들의(나 포함) 행복을 위해서도 이렇게 노력해 주는 누군가가 있었으면 좋겠다는 생각이든다. 세상 모든 엄마도 아이들만큼 행복한 하루하루였으면한다.

3. 어쩌다, 선생

"엄마는 초등학생 때 장래 희망이 뭐였어?"

학교를 다녀온 아들이 물었다.

"음, 뭐였더라? 아! 피아니스트."

생각해 보니 놀랍게도 그랬다. 초등학생 때 유일하게 오래 다녔던 학원이 피아노 하나였다. 남들보다 조금 뛰어난 게 피아노 실력이라고 생각했나 보다. 그리고 뭔가 있어(?) 보이는 장래 희망 같아 그렇게 말하고 다녔다.

대학에 들어가기 전까지 딱히 되고 싶은 무언가가 없었다. 직업의 종류 자체도 많이 알지 못했다. 요즘처럼 초등학교 때부터 마구 진로 교육을 받았다면 나의 오늘은 조금 다른 모습일까, 그래도 비슷한 모습일까? 궁금해진다.

수능을 치르고 성적이 나오고 여전히 희망하는 전공이 없던 그때, 엄마가 권하셨다.

"교대는 어때?"

"뭐? 교사하라고? 중학교, 고등학교도 아니고 초.등.학.교?"

처음엔 질색했다. 멋져 보이지 않았다. IMF가 터진 해라 더 그랬다. 교대는 왠지 궁색 맞아 보였는데 별 대안이 없었다. 여전히 가고 싶은 학과가 없었고, 그래서 갔던 교대였다. 그런데, 웬일.

OT부터 시작해서 모든 대학 생활이 미치도록 적성에 맞았다. 교대는 교육대학교가 아닌 교육 고등학교라 불리듯, 수강해야 하는 과목이 거의 정해져 있어 학과별로 시간표도 대략 짜여서 나오는 그런 곳이다. 그래서 일반대학을 다니다 다시 교대에 들어온 동기 중에는 답답해하는 이들도 많았다. 일단 일반대학과 비교해 코딱지만 한 캠퍼스 크기에, 대학생의 신분이지만 초등학교 1학년에서 6학년까지의 교과서 및 지도서를 가장 많이 뒤적거리며 4년을 보내야 하는 곳이었다. 피아노 수업도 통과해야 하고, 장구도 쳐야 하고, 발레 수업도 들어야 하고, 탈춤도 배워야 했지만 모든 게 다 놀랍게도 재미있었다.

그렇게 어쩌다 선생이 된 지 23년 차. 더 이상 선생을 꿈꾸지 않는 아이들과 매일을 함께 하고 있다.

내 경험에 비춰볼 때, 어릴 적부터 무언가가 되어야겠다는 생각은 쉽지 않은 일이다. 아니, 거의 불가능한 거 아닌가? 김연아, 손흥민 등의 인물들은 아주 어릴 적부터 목표를 세우고 그것을 향해 잘 나아간 사례로 자주 거론된다. 하지만 그런 경우는 이 세상을 살아가는 사람 중 극소수이지 않나? 대다수 사람은 살다 보니, 어쩌다 보니 무언가가 되어 있다. 나와 같이 사는 남자는 어쩌다 회사원, 윗집 언니는 어쩌다 웹디자이너, 고등학교 동창인 J는 어쩌다 연구원, 부천 육아 동지 M은 어쩌다 은행원, 서울에서 일하는 Z는 어쩌다 공무원 등등.

요즘 초등학교에서는 진로 교육을 많이 강조한다. 중요한 부분일 수 있다. 하지만 진로 교육이랍시고, 자꾸 어린아이들에게 무엇이 되고 싶냐고, 자신이 잘하는 게 무엇인지 알아내라고 강요하는 선생은 되고 싶지 않다.

베아트리체 알레마냐의 그림책 『어린이』에는 이런 글귀가
나온다.

"그렇다고 왜 벌써부터 걱정하세요? 어린이는 그저 어린
이일 뿐이에요. 지금은, 잠들 때 따스한 눈길로 바라봐 주고
이부자리 옆에 부드러운 불빛만 비추어 주면 되지요."

이 책의 한 페이지처럼 미리 걱정하지 말고 따스한 눈길로
바라봐 주다 보면 우리 아이들도 어쩌다 무언가가 되어 있지
않을까. 단지 그 과정에 조금이나마 응원을 보낸, 용기를 준,
새로운 자극이 된 선생이 되기만을 바랄 뿐이다.

✦

4. 좋은 어른 코스프레

무더운 6월이었다.

학교 신관 2층 복도에 아이들의 시화 작품을 게시해 놓은 곳에서 시 한 편이 눈에 띄었다. 대부분 흰색 바탕의 시화 작품 속에서 검은색으로 바탕을 칠해 놓고 「명왕성」에 관해 쓴 시.

행성에서 빠지게 된 명왕성에 대해

"…어느 순간 이름이 사라지고
존재가 잊혀지고 있다…"

라고 표현한 시를 보며

와 너무 멋지다, 우리 아들도 이런 감수성을 가진 사람으로 자라면 좋겠다고 생각했다.

뉘 집 아이가 이리 이쁘게 컸나 부러웠다.

6학년 담임선생님께서 말씀하시길 책 읽기와 글쓰기를 좋아하는 아이라고 하셨다.

12월, 학년별 시화집이 발간됐다.

교무실에서 6학년 시화집을 펼쳐 이 아이의 시를 찾아보았다.

이번에도 역시 캬~

「길」이라는 제목으로 졸업을 앞두고 아쉬우면서도 앞으로가 기대되는 마음을 갬성 가득하게 담아놓은 시를 만날 수 있었다.

그래서 이 행동을 할까 말까 한동안 망설였는데 나의 고민을 듣던 친구가 보내준 사진 한 장. 『재미있는 별자리 여행』이란 제목의 오래된 책 한 권이 보였다.

'중학교 때 선생님이 이 책을 사주셨는데 그 이후로 별자리를, 하늘을 좋아하는 사람이 된 것 같아.'라는 친구의 카톡이 이어 왔다.

그래, 교사의 권위를 좋은 데 써 보자.(요새 교사의 권위라는 게 남아 있는지 모르겠지만.)

6학년 아이의 명왕성에 관한 시가 그 당시 내게 꽂힌 것은 아마도 이 책을 읽고 있었기 때문일지도 모르겠다. '책을 좋아하는 아이라니까 이런 책도 재미나게 보겠지.'란 마음으로 심채경의 『천문학자는 별을 보지 않는다』를 한 권 더 주문했다.

나만 알고 있고 싶은 작가님이었는데
tvN 〈알쓸인잡〉으로 너무 유명해져 버린 심채경 과학자의 에세이.

○○에게

낯선 선생님의 선물이라 조금 놀랐지?

올해 여름 신관 2층 복도에 게시되었던 네가 쓴 시 「명왕성」

에 감동한 1인이란다.

선생님의 아이들도 이런 감수성을 지닌 사람으로 자라면 좋

겠다고 생각했어.

12월에 6학년 시화집이 나왔을 때도 교무실에서 너의 시를

살짝 찾아봤지.

「길」이라는 시도 너무 근사하더라.

감동적인 시에 대한 보답으로 선생님이 최근 읽었던 책 중

에 재미있었던 책 한 권을 선물해.

중학생이 되어서도 책 읽기, 글쓰기는 꾸준히 이어가렴.

너의 삶을 더 풍성하게 만들어 줄 거야.

졸업 축하해!

– 2학년 2반 안나진 선생님이

시를 읽고 감동한 마음을 이렇게 책 면지에 꼭꼭 눌러 담
아 편지로 남기고, 반짝이는 리본을 골라 책을 예쁘게 포장
했다.

쉬는 시간, 6학년 담임선생님께서 꼬마 시인을 잠깐 우리 교실로 보내주셨다.

여기에서 또 한 번 깨달은 나의 선입견.

이런 시를 쓰는 아이니깐 무의식중에 되게 어른스러운 아이일 거라고 예상했는데, 또래보다는 작은 체구의 여자아이가 매혹적인 시의 주인공이었다.

어리둥절한 얼굴로 책 선물을 받아 든다.

기분 좋은 졸업 선물이 되었기를.

좋은 어른이 된 듯한 하루다.

뇌 과학자이자 임상심리학자인 허지원은 『나도 아직 나를 모른다』라는 책에서 '평생 어른이 되고 싶지 않다는 말'은 아주 미성숙한 회피 방법이라고 말했다. 책을 읽으며 "무력감과 권태를 알아서 이겨내는 어른의 삶을 살았으면 좋겠다." 라고 한 조언을 마음에 새겼던 순간이 떠올랐다.

요즘은 한 끗 차이로 '어른 = 꼰대'가 되어 버리는 세상이기에 멋진 어른으로 나이 먹는다는 건 참으로 힘든 일이지

만, 늘 30여 명의 어린이의 인생에 끼어 있는 나는 꽤 괜찮은
어른이어야 하지 않을까? 라는 생각을 자주 한다.

처음 교사가 되었을 때는 아이들에게 마냥 인기 있는 선생
님이 되고 싶었다. 나이가 들어 마흔을 넘기고 두 아이의 엄
마가 되고 나니 매년 만나는 아이들에게 '좋은 어른'이 되어
주고 싶다는 새로운 장래 희망을 품게 됐다.

해마다 만나는 아이들 중 마음에 상처를 입은 아이도 종종
있다. 그 나이대는 대개 가정에서 입은 상처이다. 몇 해 전
친구들이 쳐다보면 말 한마디 하기도 어려워하지만 쉬는 시
간이면 늘 내 책상 주위를 맴돌며 기웃거리는 아이가 있었
다. 무언가 교사에게 도움을 주고 싶다는 표현으로, 선생님
과 연결되어 있다는 느낌을 받고 싶다는 사인이었다. 그러면
일부러 일거리를 찾았다. 어제 검사한 숙제 노트 나눠주기나
옆 반에 가야 할 심부름 등을 아이에게 부탁했다. 가끔은 내
가 이 아이에게 갖는 마음이 동정심이어도 괜찮을까? 걱정
되기도 했지만, 켈리 하딩의 『다정함의 과학』에서 용기를 얻
었다.

"어린아이에게는 자신을 믿어주고 이해해주며 존중해주는 안정적이고 다정한 어른이 한 명만 있어도 세상이 달라진다."

아이들의 인생 한 부분에 영향력을 미치는 위치에 있다는 건, 나이가 들수록 어렵고 무섭다. 경계할 일들이 분명 많지만, 베풀 수 있는 작은 선의를 베풀며 불완전해도 좋은 어른이 되려고 노력하는 것이 최선이라 믿는다.

5. 나의 수업 흑역사 공모전

　교사로서 맞춤형 인생 교재라고 생각하는 책들이 있다. 교사 입문서로는 베아트리체 알레마냐의 그림책 『어린이』, 교실학 개론으로는 김소영의 『어린이라는 세계』, 교사 실용서로는 김하나의 『말하기를 말하기』이다. 나는 '말하기'에 관한 수업을 한 번도 듣고 자라지 못했는데 '말하기'가 너무 중요한 직업군에 종사하게 되었다. 그래서 얼마 전에 읽은 김하나의 『말하기를 말하기』 책은 내게 교사로서 많은 실용적인 깨달음을 주었다.

　"우리말은 내용 이전에 소리로서도 듣기에 좋아야 한다고 생각한다. 그래서 나는 할 수 있는 한 말소리의 매력을 높이는 데에도 신경을 많이 쓴다."

이 책을 읽고 나서야 교실을 채우는 나의 목소리의 속도, 발음, 높낮이에 대해 처음 생각해 보게 되었다. 말하기와 관련된 이야기 외에도 교사로서 내 무릎을 '탁'치며 "이거다!"를 외치게 한 대목이 또 있었다. 최근 작가들끼리 모인 어느 자리에서 '망한 강연 토로회'를 했다는 내용의 글이었다.

와! 나도 학기 초에 아이들과 '망한 학교생활 발표회' 같은 걸 해봐야겠다. 학교에서 무언가 망쳐봤던 이야기, 크게 실패했던 이야기, 되게 쪽팔렸던 이야기 등을 서로 자랑하듯 까 보는 시간을 갖는 것이다. 학기 초 낯설고 어색한 분위기를 깨는 데 효과적일 것 같다. 특히 교실 안에서 을의 입장이 되기 쉬운 내향적인 아이들에겐 무엇보다 큰 위로가 되지 않을까. 그렇게 독서 노트에 빼곡히 메모하고 출근한 아침, 업무용 메신저로 연구부장에게서 메시지가 하나 왔다. '나의 수업 흑역사' 수기 공모가 있다는 안내였다. 뭐 이런 쌈박한 공모를 교육청에서 주관하다니! 공문을 찬찬히 읽어 보다 한 번 더 반성의 시간이 찾아왔다. 아이들에게 실패한 이야기를 끌어낼 생각만 했지, 나의 실패담을 드러낼 생각은 전혀 하지 않았던 것이다. 시키기에만 너무 익숙해진 위치에 있는 교사의 폐단이다.

그래, 선생이 먼저 모범이 되어야지. 암만. 털면 우수수 떨어지는 나의 실패담들부터 한번 까 볼까? 주로 첫 근무지에서 빛을 발한 나의 모자람은, 다양한 영역에서 드러났다.

첫 번째, 수업 부문이다.

무려 20여 년 전 월드컵으로 우리나라가 하나 되던 2002년, 갓 발령 난 열정만렙 신규 교사로 임상 장학 수업을 하게 되었다. 임상 장학이란, 교육활동의 개선을 위한 전반적인 지도, 조언 활동으로 보통 저경력 교사들의 수업을 교장, 교감 선생님 등의 관리자가 참관한 후 수업에 관해 코멘트를 해주는 공개수업을 말한다. 좋아하는 과목도 아니고 자신 있는 과목도 아닌, 뭔가 보여주기식 수업에 적합할 것 같아 선택한 사회 교과 수업의 결과는 참담하기 그지없었다.

학급 규칙은 하나도 지켜지지 않았고 나의 발문도 엉망, 아이들의 수업 태도도 엉망이었다.

수업 후 간담회에서 "크흠, 아주 임상 같은 수업이었습니다."라는 교감 선생님의 짧은 한 줄 평은, 당시에는 정신이 없어 몰랐는데 대놓고 수업을 아주 못했다는 이야기였음을 후에 깨달았다.

2년 차 신규, 다시 돌아온 임상 장학.

이번엔 최소한 좋아하는 과목으로 골라야지. 그래, 영어로 하자. 다른 과목에 비해 다른 선생님들에 비해 내가 좀 더 잘할 수 있는 과목이 아닐까? 작년보다는 낫겠지. 그러나 20여 년 전 영어 수업은 CD 활용이 수업의 90%를 차지했던 시절이다. 멀쩡하게 그 전날까지 잘 작동되던 컴퓨터 CD 플레이어가 수업 당일 돌아가지 않았다. 나도 난감, 아이들도 난감, 참관 온 교장, 교감 선생님도 난감. 아무리 기다려도 CD 플레이어는 작동될 기미를 보이지 않았고 결국 두 분은 사물함 위에 있던 아이들 활동파일만 뒤적거리시다 씁쓸한 뒷모습을 남기고 퇴장하셨다. 흑, 2년 연속 굴욕이라니.

3년 차의 임상 장학. 그래, CD 따위 필요 없는 무난한 국어로 가자.

두 번의 쓰라린 경험을 바탕으로 세세히 수업 지도안을 짰다. 나도 이제 살짜쿵 경력이란 것이 쌓였고 수업 잘한다는 유명한 선배님들의 수업도 꽤 보았다. 이제 폭망하는 수업은 절대 아니리라 믿었는데, 잘해 내고 말겠다는 굳건한 의지가 긴장을 불러일으켰는지 원래도 빠른 말투가 2배속으로 튀어나왔다. 그 결과 40분짜리 수업은 예정보다 15분이나 일찍 끝나 버렸다. 25분 만에 수업 열고, 동기유발하고, 활동 1, 2, 3을 한 후, 수업 정리까지 한 것이다.

시계를 보고 놀란 건 나도 마찬가지였다. 하지만 3년의 짬밥으로는 15분을 커버할 무언가가 당장 떠오르지 않았다. 교장, 교감 선생님과 잠깐의 아이컨택에 둘 곳 없이 방황하는 나의 동공을 눈치챈 두 분은 할 말을 잃고 교실을 나가셨다.

4년 차, 이제는 정말 정말 잘할 수 있을 것만 같았는데 신규 교사가 우르르 밀려 들어오는 바람에 더는 내게 임상 장학의 기회가 주어지지 않았다. 흑역사만 잔뜩 쌓은 임상 장학은 그렇게 끝이 났다.

두 번째, 졸업식 부문이다.

본관 건물 앞 커다란 벚꽃 나무가 인상적이었던 인천의 한 초등학교. 꽤 규모가 큰 학교였는데 달랑 혼자 신규 교사로 발령이 나서, 행동 하나하나에, 많은 선배님의 따스하지만은 않은 눈길을 받으며 신규 시절을 보냈다. 그 시절에는(대놓고 라떼시전) 신규 교사가 해야 하는 일들이 암묵적으로 정해져 있었다. 보통 전교생이 운동장에 모이는 월요 조회 시간, 어떤 대회에 관해 시상할 일이 있을 때 단상 위 교장 선생님 옆에 비켜서서 상장과 트로피 같은 걸 전달하는 비서 느낌의 일이라던가, 국민의례 중 애국가 지휘라던가, 당시 승진 가산 점수가 없던 걸스카우트, 보이스카우트 같은 청소년단체 업무 담당 등의 일이었다.

이걸 왜 제가 해야 하나요? 라는 질문 따위는 떠올리지 못했던 시절이다. 시키면 했다. 그래도 그 중 지휘는 적성에 맞았다. 초등학교 6학년 때 담임선생님께서 당시 피아노를 조금 잘 치던 나의 음악적 감각을 과신하시고 내게 따로 지휘법을 알려주셨고 음악 시간마다 지휘를 맡기셨다. 그래서 많은 이들 앞에서 지휘하는 일은 크게 부담으로 다가오지 않아 그나마 다행이라 생각했다.

무슨 일이든 익숙하지 않아 전반적으로 정신없었던 첫 학교생활 중, 6학년 졸업식이 행해지던 날이었다. 원래 내정되어 있던 지휘자인 5학년 전교 부회장이 결석하는 바람에 교사 중 어린(?) 축에 속한 내게 갑작스럽게 졸업식 노래 지휘가 주어졌다. 아, 지휘는 자신 있지.

5학년들이 먼저 노래를 불렀다.

"빛나는 졸업장을 타신 언니께~"

이어 6학년들이 답가를 불렀다.

"잘 있거라 아우들아, 정든 교실아~"

2절이 끝났다. 멋지게 지휘봉을 휘어잡으며 마무리 포즈를 취했는데 아… 노래가 계속 나온다. 뭐지?

"앞에서 끌어주고 뒤에서 밀며~"

그랬다. 3절이 있었다. 당황한 건 나뿐만이 아니었다. 지휘를 마무리한 나를 보며 어리둥절한 표정의 5, 6학년 학생들, 저 부끄러움이 내 몫인 양 고개를 숙인 선배 교사들, 애써 웃음을 참아 보려는 학부모님들까지. 빨갛게 달아오르는 목덜미, 어디론가 도망가고 싶은 마음이 굴뚝같았으나 뒤늦게 지휘를 이어나갔다. 얼굴을 숨길 수 없는 지휘자의 가혹한 운명. 그렇게 끝까지 신규다운 첫 학교생활이었다.

이렇게 다양한 흑역사로 나는 신규 교사들에 대해, 저경력 후배들에 대해, 이해가 하해와 같이 넓은 경력직 교사가 되었다고 자부한다. 그런데 요즘 신규들은 어쩜 그렇게들 똑순이인지. 나의 이런 아량을 베풀 데가 잘 없음이 몹시 아쉽다. 그래도 옆 반 2년 차 후배님이 종종 이런저런 문제로 나의 교실 문을 두드릴 때는 진정으로 반갑다.

가끔 인터넷 초등교사 커뮤니티를 보면 학교 일에 관한 아주 사소한 질문들이 올라와 있을 때가 있다. 바로 옆 반에 '똑똑'하고 물어보면 10초 만에 답이 나올 일들인데 요즘 젊은 세대들은 확실히 비대면을 선호하는 것일까?

학교에 있는 많은 후배님들이 무언가 궁금하거나 곤란한

일이 생겼을 때 가까이에 있는 선배의 교실을 쉽게 찾았으면 좋겠다. 그들의 과거가 당신의 현재보다 훨씬 더 구리고 하찮았음을 이리 친절하게 들려주었으니 말이다.

나는 이 일을 참 좋아하는 사람이다.
그리고 이 일을 하며 만나는 사람들도 좋아한다.

"자신이 좋아하는 것을 해나가는 과정에서 만난 사람들과 연결의 가능성을 찾아가는 일, 이건 우리가 그동안 '연대'라고 불러온 것보다 느슨한 형태이지만 더욱 단단할 수 있다."

김민섭의 『당신이 잘되면 좋겠습니다』에서 읽고 메모해 둔 문장이다. "다정하면서도 무해한 방식의 연결"이라는 표현도 기억에 남는다. 느슨하지만 연결된 느낌을 가질 수 있는 우리의 테두리가 한없이 넓어지기를 바란다. 손 내밀 사람이 곁에 있다는 든든함을 모두가 누렸으면 좋겠다. 함께 오고 가는 발길 속에 끈끈해지는 연대감으로 좀 더 다닐 맛 나는 학교를 꿈꿔본다.

23년 차가 된 지금은 수업을 곧잘 한다.
그렇다고 흑역사가 완전히 사라진 것은 아니다.
작년, 수업 전문가 공개수업 심사 중 우리 반 한 아이는
뒷자리의 아이와 팔씨름을 시도했다.

6. 2년 차 신규 VS 20년 차 베테랑

얼마 전 만든 인스타그램 계정으로 처음 DM이란 걸 받았다. 자신의 이름을 밝히며 "선생님 저 기억하세요?"로 시작하는 메시지.

교육청 메신저로 내 이름을 검색해 본 뒤, 더는 인천에 내 흔적이 남아 있지 않음을 알고 인스타그램을 통해 연락을 취해 본 서른이 된 제자였다.

메시지에 밝힌 이름을 보자마자 2년 차 교사 시절, 얌전하면서도 새침데기 같았던 부반장의 얼굴이 바로 떠올랐다. 인천 어느 특수학교의 회계직으로 근무 중이라는 말에 내가 키운 것도 아닌데 잘 자라 자기 일을 하는 모습에 괜한 뿌듯함이 솟았다.

이렇게 나와 연락이 닿아 신기하고 행복한 밤이라는 인사와 함께 두 장의 옛 사진을 보내왔다. 어린이날을 맞아 만들어줬던 포토카드와 엽서 한 장이 찍혀 있었다. 신규 시절부터 지금까지 매년 5월이면 만들어오던 어린이날 포토카드라 하나는 별로 놀랍지 않았는데 흐릿한 엽서 사진은 뭐지? 하며 자세히 들여다보았다.

"혜진아, 안녕! 선생님은 지금 퇴근하고 일본어 학원에 다녀왔어. 잠시 음악을 들으며 쉬는 중이란다. 그러다 혜진이 생각이 나서…."로 시작하는 내 필체의 엽서.

20대의 나는 특별한 날이 아닌데도, 이렇게 친구에게 편지 쓰듯 우리 반 학생에게 편지를 쓰는 교사였구나. 편지 내용은 요즘 부쩍 부반장인 혜진이에게 일을 많이 시켜서 미안하다는 이야기로 이어졌다.

열정은 넘치나 요령은 없었던 신규 교사 시절 나는 겨우 열두 살인 우리 반 아이에게 힘들다고 기대기도 했구나. 순간 너무 부끄럽다는 생각이 들었다가 20년의 경력이 넘은 지금의 나는 너무 재미없고 노련하기만 한 교사가 되어 버린

건 아닌가, 라는 생각이 들었다. 아이들 전부를 내 손바닥 위에 올려둔 요령 만렙의 표정 없는 베테랑.

내 기억 속의 선생님

키가 작아 늘 맨 앞자리에 앉던 초등학생 시절의 나, 지금 내 기억 속에 남은 선생님들은 어떤 모습인지 곰곰이 떠올려 봤다.

4학년 때 담임선생님께서는 방학 때 보낸 어린 나의 편지에 답장을 해 준 첫 어른이었다. 아주 팬시한 편지지에 또박또박 두 장에 걸쳐 정성껏 전해주신 선생님의 방학 이야기. 그 후 학년이 올라가서도 방학마다 선생님과의 편지는 이어졌다. 앗! 2년 차 교사 때 부반장 혜진이에게 편지 쓰던 나의 무의식의 배경에는 이런 기억이 있는 거였구나! 뒤늦은 유레카!

5학년 때 담임선생님께서는 화재 안전교육을 해주시다 소화기 1대로 분홍색의 분말 가루로 뒤덮인 교실을 선사해 주신 분이었다. 눈앞에서 본 소화기의 폭발적인 분사력은 소화기에 대한 큰 신뢰를 가지게 해주었으니 화재 안전교육은 일정 부분 성공적이었다고 본다. 그날 남은 하루는 물걸레로 교실 대청소를 해야 했다. 반복해서 바닥을 닦으며 '선생님도 소화기 사용은 처음이시구나. 어른도 이렇게 많은 아이들 앞에서 대박 실수를 할 수가 있구나.'라는 생각을 했었다.

6학년 때 담임선생님은 나와 동갑의 딸이 있는 분이셨다. 등굣길 이마에 땀이 송글송글 맺히기 시작하던 어느 여름날, 선생님의 집들이에 학급 임원 및 반 아이들 몇몇을 초대해 주셨다. 선생님이 알려주신 아파트 주소대로 친구들과 선생님 댁을 방문했다. 낯선 어른들이 가득한 와중, 방 한쪽에 우리를 위한 상이 마련되어 있었다. 좋아하지 않는 비빔밥이 놓여 있어 또 한 번 당황하면서도 선생님의 사적인 공간에 초대됐다는 사실에 대한 놀라움으로 계속 주위를 두리번거렸던 내 모습이 떠오른다.

경력이 많아지면서 요즘 나는 어떠한 일에 서투른 자신을 용납하지 못할 때가 많다. 특히나 어린 아이들 앞에서 교사로서는 더더욱. 그래서 내가 능숙하게 이끌 수 있는 방향으로만 학급을 끌어가는 경향도 있을 것이다. 어느 순간부터 '나답게'보다 '교사답게'를 더 의식하고 살아가게 되어 버렸다.

정신분석 전문의 김혜남의 『내가 인생을 다시 산다면』 책에서 알게 된 나딘 스테어의 시가 한 편 있다. 「만일 내가 인생을 다시 산다면」이라는 제목의 시다. 시인은 인생을 다시 산다면 이번에는 용감히 더 많은 실수를 저지르고, 느긋하고 유연하게 그리고 좀 더 바보처럼 살겠다고, 되도록 심각해지지 않고 보다 많은 기회를 놓치지 않으면서 살겠다고 말한다.

3월, 올해의 목표로 세웠던 '하루 한 번 이상 아이들 웃겨 주기 = 웃기는 교사 되기'를 잘 지키려면 긴장을 풀고 몸을 좀 부드럽게 할 필요가 있겠다. 뒤로 한 발 빼지 말고, 얼음 땡도 같이 해주고, 아이들의 작은 성장에도 크게 놀라워해 주며 아이들이 좋아하는 아이브 노래에 맞춰 삐걱거리는 웨이브도 한번 시도해 봐야겠다.

나에게 주어지는 새로운 기회도, 아이들에게 줄 수 있는 새로운 경험도 놓치지 말아야지.

인생 다시 살 것까지 뭐 있나.

이렇게 내일을 다시 살면 되지.

7. 따뜻한 이별 새로운 시작

   며칠 뒤 있을 겨울방학을 맞아 교실의 책장을 정리하며 여러 책을 다시 들춰보게 됐다.

   올해 초 인스타그램에서 알게 된 inezzzang 선생님의 책 『이네의 교실』을 넘겨 보니 1년을 함께한 아이들과 헤어지는 날, 칠판에 편지를 남긴 걸 보게 되었다.

   좋은 건 금세 잘 취하는 나니깐 바로 적용하기.

> 선생님이 무지무지 사랑하는 햇반 친구들에게
>
> 안녕!
>
> 오늘은 우리가 만난 지 ○○○째 되는 날이래.
>
> 우리 꽤 많은 날을 함께 했는걸.
>
> 함께한 시간 동안, 4학년 때보다 많아진 수업 시간과 학습

량에 힘들 때도 있었지?

햇반 친구들, 한 해 동안 정말 수고 많았어.

이보다 더 근사하기는 어려운,

너무 훌륭한 너희들이었단다.

언제나 그렇듯 헤어짐엔 아쉬움이 남지만

우리가 함께한 1년은 오래오래 마음속에 남을 거야.

여러분의 멋진 열두 살에 선생님을 만나줘서 고마워.

방학 숙제는 단 하나,

내가 보낼 수 있는 가장 근사한 겨울을 보낼 것!

6학년이 되어서도

'햇살처럼 따뜻하고 햇빛처럼 빛나는' 여러분이길 기대할게.

그럼 신나는 겨울방학이길.

　　겨울방학 후 3월에 새 학기가 시작되는 학사일정이라 겨울
방학 숙제를 딱히 내줄 필요가 없었다. 검사의 압박이 없는
숙제는 아이들의 갈 길을 당황하게 만들므로 고학년의 경우

는 방학 중간중간 학급 SNS를 통해 각자의 방학 생활을 보고하는 것으로 숙제를 대체하기로 했다.

방학 전 다양한 분야의 안전사고 예방 교육을 하며 방학 동안 건강하게 살아있는 것도 중요한 임무 중 하나라고 진심으로 말하는 편이다. 그래서 매주 자신의 방학 생활을 사진 한 장, 글 한 줄로 간단히 보고하는 것을 '생존 보고'라 부르고 실천하기로 했다.

여름방학에는 다양한 방학 생활 사진을 허용했으나, 겨울 방학에는 책과 관련한 활동으로 제한했다. 현재 읽고 있는 책 인증샷 1장과 책에 관한 짧은 이야기를 한 줄 덧붙이면 된다. 서로의 독서 취향을 공유하고 다양한 책에 관한 정보를 교환할 수 있는 계기가 되어 주었다. 요즘 A는 과학 분야에 관심이 많구나. 요즘 B는 역사책을 주로 보고 있네. 어, C가 읽고 있는 책 재미있겠다. 나도 빌려봐야지!

나이가 들수록 아이들과의 이별에 애틋함이 커진다.
분명 어제만 해도
"선생님, 저거(팻말) ○학년 ○반으로 숫자만 바꾸고 우리 반 그대로 다음 학년 올라가면 안 돼요?"

라고 종알거리던 예쁜이들이었는데 방학식 당일, 생각보다 아이들은 쿨하다.

"선생님, 우리 셀카 하나 찍을까요? (찰칵) 그럼 안녕히 계세요."

"선생님, 방학 잘 보내세요~"

이렇게 씩씩하게 인사하고 떠나는 아이들 반, 내년 반 배정에 정신이 팔려 마지막 인사조차 잊고 나가는 아이들 반.

마지막 날마저 반짝이는 우리 반.

텅 빈 교실에 혼자 남아 내 편지에 대한 답장으로 빼곡히 채워진 칠판을 지우려고 하니 잠시 울컥한 마음이 올라온다.

올해도 어김없이 나는 아이들을 너무 많이 좋아했구나.

학급 SNS에 마지막 알림장을 올리고 학부모님들의 마지막 인사 댓글을 받았다.

'항상 따뜻하고 즐거운 반으로 잘 이끌어주시는 선생님이 계셔서 1년 동안 든든했어요. 우리 ○○에게 선생님과 친구들은 소중한 추억으로 기억될 거예요. 감사합니다.'

'두고두고 곱씹을 ○학년 ○반 이야기. 우리 아이들에게 너무 좋은 추억을 선물해 주셔서 진심으로 감사드립니다.'

'햇살처럼 따뜻하고 햇빛처럼 빛나는 선생님 덕분에 우리 아이들이 행복했습니다. 앞으로도 쭉 어디서든 자존감 높고 행복한 아이들일 거예요.'

따뜻한 여러 댓글 중 가슴에 와 박힌 한 문장이 있었다.

'아이들에게 최고의 선생님이셨습니다.'

아낌없이 사랑했기에 아쉬움 없는 한 해라고 생각했는데 곰곰이 돌아보니 되려 내가 분에 넘치는 사랑과 영광을 받은 한 해였다.

올해도 잘 찍은 마침표와 함께 이렇게 따뜻한 이별을 한다. 3월에 만날 새로운 인연이 좀 더 나를 반길 수 있도록, 나 역시 내가 보낼 수 있는 가장 근사한 겨울방학을 보내는 방학 숙제를 하러 떠나야겠다.

✦

에필로그

"저도 6반, 함께하고 싶습니다."

세상에는 잘 알려지지 않은 '사소하지만 다정한' 교실 속 이야기를 담고 싶었습니다. 새 학기가 시작되는 첫날의 어색하지만 설레는 풍경부터 우리 반만의 특별한 이름을 만들며 꿈틀대기 시작하는 끈끈한 연대감, 전입해 온 장수풍뎅이와 함께하는 학교생활, 우리가 만난 지 100일을 기념하는 파티, 엉덩이로 책 읽기 대회 등 요즘 초등교실 속 알콩달콩한 모습을 보여드리고 싶었습니다.

"저도 6반, 함께하고 싶습니다."

재작년 한 학부모님께서 교원 평가에 써 주신 문장입니다. 30, 40대 어른들도 들어오고 싶게 만들었으니 이쯤이면 우리 교실을 세상에 내어놓아도 되지 않을까? 라는 생각이 들었습니다.

물론 고단한 날들도 있었습니다. 지난 20여 년간 무례한 학생, 예의 없는 보호자를 만나 상처받기도 했습니다. 책을 집필하던 중 누구보다 교육에 열정적이던 동기가 교직을 내려놓고 떠났다는 소식도 전해 들었습니다.

그래서 고민이 되었습니다.

'내가 지금 이런 글을 써도 되는 걸까?'

하지만 시간이 조금 더 흐르면 저 역시 '나는 교사로서 행복한 사람'이었다는 사실을 잊을 것만 같았습니다. 분명 아이들과 함께라 빛나던 순간들이 더 많았는데 괴롭고 힘들었던 기억들만 남을 것 같은 두려운 예감이 들었습니다. 그래서

'지금이니 이런 글을 써야 한다.'

로 마음을 바꾸었습니다.

아이들과 함께해서 반짝이던 순간들을 이렇게 박제해 두기로 결심하니 다시금 행복해졌습니다. 그 고단하고 힘겨웠던 시간을 견뎌낼 수 있었던 건 늘 교사를 향해 맹목적인 사랑을 보내주는 '아이들' 덕분이었습니다. 그리고 그 뒤엔 교

사에 대해 아낌없는 신뢰와 응원을 보내주는 보호자들도 계셨습니다.

> "인생은 숨을 쉰 횟수가 아니라 숨 막힐 정도로 벅찬 순간을 얼마나 많이 가졌는가로 평가된다."
>
> – 마야 안젤루

이렇게 교사로서 벅찬 감동을 가득 안고 나아갈 수 있는 밑거름은 첫 학교에서 만난 멋진 선배님들 덕분이었습니다. 좌충우돌 사고뭉치의 진심을 알아봐 주시고, 무조건적으로 퍼부어주신 격려로 인해 무럭무럭 자라 이 자리까지 왔습니다. 그리고 여섯 개 학교를 거치며 만난 유쾌 발랄 후배님들의 열렬한 지지와 사랑으로 오늘도 아이들 앞에서 함께 웃을 수 있는 교사가 되었습니다.

많은 동료 교사가 우리 눈 앞에 펼쳐지는, 우리만 아는 아름다운 교실 속 풍경을 세상에 널리 알렸으면 좋겠습니다. 각자의 자리에서 최선을 다하는 평범한 교사들의 따뜻한 교실 이야기가 세상에 더 많이 나왔으면 좋겠습니다. 그렇게 세상과 학교 간의 신뢰가 조금 더 두터워지기를 기대하고 싶습니다.

듬뿍 받은 사랑을 다시 나눌 수 있는 사람으로 키워주신 부모님과 늘 가장 큰 응원을 보내주는 가족에게 감사의 말을 전합니다. 특히 마지막 원고에서 오탈자를 3개나 잡아준 조카에게도 감사합니다.

마냥 평범해 보이는 저의 교실 이야기를 책으로 엮을 수 있도록 끊임없이 독려해주신 『초등 집중력을 키우는 동시 쓰기의 힘』의 저자 김진수 선생님, 『오늘도 교사로 걷는 당신에게』의 저자 배정화 선생님, 꿋꿋이 교육 현장을 함께 지키며 언제나 큰 힘이 되어 주는 오랜 벗 미정과 혜진, 내가 아는 교사 중 네가 최고라며 23년째 칭찬을 아끼지 않는 주영에게도 깊은 감사를 전합니다. 그리고 초보 저자를 살뜰히 이끌어주신 안채원 편집자님, 저의 첫 편집자가 되어 주셔서 영광이었습니다.

마지막으로 이제껏 나와 인연이 되어 빛나는 시간을 선사해 준 어린이들과 또 앞으로 인연이 되어 근사한 시간을 보낼 어린이들에게 사랑과 감사의 마음을 보냅니다.

많은 이들의 정성으로 나온 이 책이, 또 다른 많은 이들에게 따뜻함으로 다가가기를 바랍니다.

부록

우리들의 크리스마스 파티 들여다보기

크리스마스 파티 전날,
칠판에 아이들에게 보내는 크리스마스 카드를 써 두었다.
센스 있게 트리 모양으로!

한 글자 한 글자에 진심을 담았다.
햇반 담임이라는 사실이 진정 자랑스러웠던 한 해.

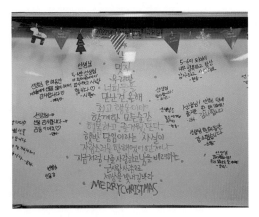

카드에 대한 아이들의 반응이 궁금해 서둘러 출근했더니,
여기저기에 이렇게 예쁜 답장들을! 역시 우리 반♥

그리고 이어진 연말 시상식.
영하 10도의 강추위도 무릅쓴 채 원피스를 입고 출근한 이유이다.
아이들이 주는 '최고의 선생님상'을 받았다.

교사 상장 뿐만 아니라, 반 친구들 전원의 상장을
손수 쓰고 그려 만들어 온 1, 2학기 반장, 부반장들.
어쩜 이리 하는 짓마다 이토록 근사한지!
이러니 내가 세상에 자랑하지 아니할 수가. 하하.